**mc** *Melhores Contos*

# Joel Silveira

Direção de Edla van Steen

**mc** Melhores Contos

# Joel Silveira

Seleção de Lêdo Ivo

global
EDITORA

© Elisabeth Costa Silveira, 2010

1ª Edição, Global Editora, São Paulo 1998
2ª Edição, Global Editora, São Paulo 2012

*Diretor Editorial*
Jefferson L. Alves

*Gerente de Produção*
Flávio Samuel

*Coordenadora Editorial*
Arlete Zebber

*Revisão*
Ana Carolina Ribeiro

*Projeto de Capa*
Ricardo van Steen

*Capa*
Eduardo Okuno

Dados Internacionais de Catalogação na Publicação (CIP)
(Câmara Brasileira do Livro, SP, Brasil)

Silveira, Joel
  Melhores contos Joel Silveira / selecionador Lêdo
Ivo. – 2. ed. – São Paulo : Global, 2012. – (Coleção
Melhores contos / direção Edla van Steen)

Bibliografia
ISBN 978-85-260-1623-1

1. Contos brasileiros. I. Ivo, Lêdo. II. Steen, Edla van. III. Título. IV. Série.

11-14893                                CDD–869.93

Índice para catálogo sistemático:

1. Contos : Literatura brasileira  869.93

*Direitos Reservados*

**Global Editora e Distribuidora Ltda.**

Rua Pirapitingui, 111 – Liberdade
CEP 01508-020 – São Paulo – SP
Tel.: (11) 3277-7999 – Fax: (11) 3277-8141
e-mail: global@globaleditora.com.br
www.globaleditora.com.br

Obra atualizada conforme o **Novo Acordo Ortográfico da Língua Portuguesa**

Colabore com a produção científica e cultural.
Proibida a reprodução total ou parcial desta obra
sem a autorização do editor.

Nº de Catálogo: **2073**

**Lêdo Ivo** nasceu em Maceió, Alagoas, em 1924. Desde 1943 reside no Rio de Janeiro, onde continuou a atividade jornalística iniciada na província. Formado pela Faculdade Nacional de Direito da Universidade do Brasil, jamais advogou. Estreou em 1944 com *As imaginações*, a que se seguiram numerosos livros de poemas, ficção e ensaio. É membro da Academia Brasileira de Letras. Em sua obra figuram *A noite misteriosa, Calabar, Crepúsculo civil* e *Curral de peixe*, poemas; *Ninho de cobras* e *A morte do Brasil*, romances; *Confissões de um poeta*, memórias. *Melhores contos Lêdo Ivo, Melhores poemas Lêdo Ivo, Melhores crônicas Lêdo Ivo, A história da tartaruga, O rato da sacristia* e *Um domingo perdido* são edições da Global.

# JOEL SILVEIRA E A ARTE DE CONTAR

Em "Vestida de preto", obra-prima com que abre *Contos novos*, sublinha Mário de Andrade: "Tanto andam agora preocupados em definir o conto que não sei bem se o que vou contar é conto ou não, sei que é verdade". O livro foi publicado postumamente em 1947, mas a redação de "Vestida de preto" abarca o período compreendido entre 1939 e 1943. As demoras e pausas em escrevê-lo apontam para um procedimento basilar de Mário de Andrade como teórico e criador literário. Ele sempre se distinguiu pelo empenho artesanal, e a preocupação com as técnicas de composição o levavam a refazer, burilar e procurar aprimorar os seus trabalhos. Recomendava a mesma conduta alerta e exigente aos seus amigos e companheiros de geração – e até aos plumitivos arrulhantes e deslumbrados que o visitavam ou o consultavam epistolarmente.

É também de Mário de Andrade a definição de que "conto é tudo aquilo que o autor diz ser conto". Desta vez, já não se trata de uma situação em que se busca a identificação clara e precisa de um gênero literário. Conciliando prática e teoria, experiência vivida e convicção estética, Mário de Andrade enxota dúvidas e, assumindo uma posição peremptória, estabelece novo e indiscutível princípio de arte literária – um princípio aberto e malicioso em que o conto se faz o estuário salubre de todos os experimentos e aventuras, e dos acertos e erros mais vastos. Aos textos sem-nome, fruto da diluição e decomposição dos gêneros, o autor de *Macunaíma* opõe a atrevida regra da rotulação subjetiva e personalíssima.

Há outro aspecto da reflexão de Mário de Andrade em relação ao gênero de que ele foi um cultor acirrado, e que partiu da coloquialidade experimental de *Primeiro andar* (1926) e *Belazarte* (1934) até a madureza de *Contos novos*.

A inauguração do conto moderno, consequência natural de uma presumível evolução literária, e do selo do tempo, figurava no rol de suas preocupações de renovador e nas impaciências de sua pedagogia.

Exatamente em 1939, "quando tantos andam agora preocupados em definir o conto", surgia *Onda raivosa*, de Joel Silveira. Era a estreia rumorosa de um escritor e jornalista de apenas 21 anos que, tendo vindo de Sergipe, assaltava as atalaias literárias e jornalísticas da metrópole com o seu talento, ousadia e graça, e uma esplêndida e matinal belicosidade.

Os leitores desta véspera de milênio dominada pela linguagem eletrônica – a qual tanto tem apagado a imagem e a importância da literatura escrita, e a do escritor como protagonista do cenário nacional – não podem ter ideia da vibração e fervilhação existentes naquela época que correspondia ao amadurecimento do Modernismo paulista e ao esplendor do Romance Nordestino. A experimentação e uma renovação literária amparada na indignação social se casavam e se combatiam, nesse duplo movimento essencial à saúde e ao desenvolvimento artísticos. Os poetas, romancistas e críticos literários, os editores, os convívios e colisões em jornais e livrarias, os numerosos suplementos literários e outros veículos e espaços de expressão e afirmação espelhavam esse tempo em que o Rio de Janeiro era um campo de batalha para talentos vindos dos lugares mais distantes do Brasil, especialmente do Norte. A investida cauta ou tumultuosa nem sempre frutificava. Muitas vezes, as ambições mais desmedidas naufragavam no anonimato dos subúrbios poeirentos e rancorosos ou no porto incômodo dos pequenos empregos públicos que a pródiga e estrepitosa ditadura de Getúlio Vargas destinava aos escritores e jornalistas como se fossem migalhas afortunadas. Todavia, a imagem prevalecente era a da vitória incontestável, o que levava o ressentido Oswald de Andrade a alcunhar os escritores nordestinos de "búfalos do Nordeste", tal a capacidade que teriam de espezinhar as hoje arqueológicas experimentações literárias paulistanas e abrir predatoriamente os seus caminhos e horizontes.

Em seu surgimento no agora esvaído cenário de uma sociedade que parecia uma réplica tropical do mundo de ambições e colisões acumuladas em *Ilusões perdidas*, de Balzac, o sergipano Joel Silveira esgrimia duas armas: a literária e a jornalística. E a elas se manteve fiel a vida inteira. No semanário *Dom Casmurro*, a sua coluna "Podia ser pior" constituía o terror hebdomadário dos que nela fossem lembrados e citados. Ao lado da atuação na imprensa, que cedo fez dele um dos grandes cronistas e repórteres do nosso tempo (e autor cívico e clássico das *Histórias de pracinhas*, 1945, documento de sua participação como correspondente de guerra na Força Expedicionária Brasileira), alteava-se a sua condição de autor de pequenas histórias.

Em *Onda raivosa*, o jovem contista (ou jovem búfalo) surgia na plenitude dos seus dons. Histórias como "Sarabanda" e "Quero um destino para Lídia" estavam longe dos balbucios habituais das incontáveis estreias juvenis daquele e de todos os tempos. Eram pequenas narrativas maduras e graciosas, dotadas de um nítido senso de composição, escritas por um prosador atilado que, aliás, trazia no nome completo um glorioso sobrenome escondido, que o ligava a João Ribeiro, um dos mais insignes expoentes da nossa prosa. Era uma prosa poética, a de Joel Silveira – mas esse lirismo persistente que a atravessava e a juncava de tantas luzes e claridades não a afofava nem a amolecia. Eram derramamentos líricos contidos e talvez até dosados, regulados por um extravasar justificável, tal o da água das piscinas, como no conto "A lua".

Em sua prosa, e com ela, Joel Silveira contava pequenas histórias sergipanas e cariocas – da infância e da adolescência, de amores miúdos ou furtivos, com os seus habituais desencantos e sonhos malogrados. O cotidiano mais humilde saía da sombra. A classe média-baixa era o campo favorito de observação do contista nordestino que cedo se carioquizou.

Quer pela preocupação estética, quer pelo processo narrativo, empenhado em captar e fixar o episódio instantâneo ou a magra fatia da vida diária, Joel Silveira se filiava a uma linhagem literária que imperava na década de 1930: a família Katherine Mansfield. A ela já pertenciam, pelo menos, dois mestres do moderno conto brasileiro: Ribeiro Couto (com *Baianinha e outras mulheres*, 1927; *O clube das esposas enganadas*, 1933; e *Largo da matriz*, 1940) e Marques Rebelo (*Oscarina*, 1931; *Três caminhos*, 1933; e *Stella me abriu a porta*, 1942). A maneira de contar desses contistas correspondia a um não contar ou a um contar pouco ou apenas pela metade; a um registrar acontecimentos que eram não acontecimentos, meras criações forjadas pelo instante fugidio ou impenetrável, em que a realidade se deixa rodear de sonhos, impressões, sugestões ou pressentimentos. Os diálogos sustentam a banalidade da vida e um sentimento de ternura e piedade segue os passos dos destinos rasteiros.

Essa vertente nova de um gênero imemorial sucedia à prática do conto clássico de Mérimée, Maupassant e Anatole France, predominante no Brasil durante o Realismo e que teve tantos cultores notáveis e até insuperáveis, como é o caso de Machado de Assis; e que, em sua variedade, se expandiu em diversas direções, inclusive a da exploração da noite equívoca e do figurante perverso, como em João do Rio. Saliente-se ainda que essa corrente, que privilegia a nitidez dos personagens e a chave de ouro dos desfechos, não pereceu neste século. Bastará o exemplo de Somerset Maugham para documentar o seu grau de rejuvenescimento e prestígio.

Uma tradução brasileira de *Bliss*, de Katherine Mansfield, feita por Erico Verissimo, fora publicada providencialmente pela editora Globo na década de 1930 – a essa tradução haveria de seguir-se *Aula de canto*, de Edla van Steen e Eduardo Brandão, pela editora Global, 1985. A lista aborígene de seus filhos espirituais – e consequentemente netos de Tchecov – não deve limitar-se a Ribeiro Couto, Marques Rebelo e ao jovem e buliçoso Joel Silveira. Nela deve figurar o gaúcho Telmo Vargara, autor de *Cadeiras na calçada* (1936), *Nove histórias tranquilas* (1938) e *Histórias do irmão sol* (1941). Mas a relação estaria incompleta se a ela faltasse Clarice Lispector. O impressionismo de *Perto do coração selvagem* (1944), uma não história, a sonata de um não acontecimento, acusa ostensivas raízes mansfieldeanas.

A palavra evolução seria imprópria para registrar a presença do conto brasileiro na década em que surgiu Joel Silveira. No caso, trata-se de uma trajetória, com a evidência de uma circularidade. Nos contos de Machado de Assis, já estão presentes muitos dos processos utilizados pelos contistas brasileiros do Modernismo: o traslado epifânico do instante, a ambiguidade, o pequeno mistério.

O intricado novelo machadiano, essa visão simultaneamente realista e impressionista dos seres e do mundo – esse jogo de precisões e imprecisões – alcança Mário de Andrade e o mineiro João Alphonsus, autor de *Galinha cega* (1931), *A pesca da baleia* (1941) e especialmente o notabilíssimo *Eis a noite* (1943). Outro excelso cultor do conto, Artur Azevedo, parece reminiscente na espraiada coloquialidade, nos tipos caricatos e na destra e divertida dialogação de *Brás, Bexiga e Barra Funda* (1927) e *Laranja da China* (1928), de Antônio de Alcântara Machado. Na rijeza estilística e na rusticidade de *Tropas e boiadas* (1917), de Hugo de Carvalho Ramos, de *Urupês* (1918), de Monteiro Lobato, e de *Sagarana* (1946), de Guimarães Rosa, ressoam os fragores e ecos do descritivismo luxurioso e florestoso de Coelho Neto e a voz campestre de João Simões Lopes Neto. E, em sua solidão estilística e escatológica, Adelino Magalhães, uma das fontes escondidas do nosso Modernismo, como o comprovam *Casos e impressões* (1916), *Cenas e perfis* (1918), *Tumulto de vida* (1920) e *Inquietude* (1922), que tanto influenciaram a prosa crepuscular de Oswald de Andrade, não se desvincula da atmosfera do início do século em que o conto nacional firmou a sua consistência e durabilidade.

    Aos leitores destes contos de Joel Silveira está reservado o maior (e talvez o único) dos prazeres literários, que é o da leitura. A graça estilística dessas pequenas histórias e a ironia que por elas perpassa como a brisa salina de Aracaju inscrevem Joel Silveira numa linhagem preclara. Em sua soberana expressão artística, o autor de *Onda raivosa* atingiu a beleza incomparável e a tristeza funda no conto "O dia em que o leão morreu", pungente obra-prima que só costuma sair da pena avisada dos clássicos.

*Lêdo Ivo*

*CONTOS*

# O DIA EM QUE O LEÃO MORREU

Furioso amanheceu morto na jaula, os grandes olhos sem brilho, a juba murcha, a cauda lembrando uma comprida cobra pisada. José Freitas, o tratador do animal, ainda lhe sacudiu o corpo com uma vara, mas agora não se tratava de um daqueles sonos em que o leão, caindo de velho, costumava ultimamente mergulhar o seu cansaço. Furioso estava mesmo morto.

Don Pedro González (na verdade, chamava-se Antônio Silva), o dono do circo, foi trazido da pensão modesta, na Praça da Matriz, e incorporou-se ao restante da trupe, reunida em torno da jaula: o palhaço Chiquinho, o domador Bob Clark (Manuel Benevides, na carteira de identidade), a bailarina Cármen, os acrobatas Lemos, Leo Gold (ninguém sabia seu nome certo, sabia-se apenas que era paulista), que suspendia pesos, todos eles estavam ali. Don Pedro afastou com brandura o grupo, postou-se calado diante da jaula, os olhos fixos no corpo estendido do leão. As formigas já começavam a passear pelos olhos e narinas de Furioso, mas o fato é que havia ainda muita dignidade na fera morta, particularmente na cabeça, enorme, soberba, agora caída de lado.

José Freitas espantou as formigas com um pedaço de pano; Mariquita, a companheira do mágico chinês, queria saber se fora "bola".

– Muita gente aqui na porcaria desta cidade tinha raiva dele. Por causa dos gatos.

Caçavam gatos para Furioso, particularmente a criançada, a quem Chiquinho, equilibrando-se nas compridas pernas de pau, distribuía entradas para as vesperais dos sábados: cada gato, uma "geral".

– Só pode ter sido "bola".

José Freitas não concordava:

– "Bola" nada. Foi velhice mesmo. E não esqueçam que no mês passado ele teve pneumonia.

Don Pedro fixou os olhos no tratador, num protesto triste. José Freitas baixou a cabeça, voltou a espantar as formigas, cada vez mais numerosas. Cármen perguntou se iam aproveitar o pelo.

– Pelo de leão deve valer uma nota.

O grupo voltou-se, automaticamente, para don Pedro, que permanecia calado, o colete azul-marinho muito apertado, as mãos nos bolsos das calças, de casimira listrada. Lá fora, ouviu-se uma voz infantil, como um alarme:

– O leão morreu!

E então começaram a aparecer os meninos, dezenas deles. Seu Alípio, da Farmácia Esperança do Agreste, colocou devagar os óculos de lentes azuladas:

– Como foi isso, don Pedro?

Don Pedro González não respondeu. Seu Alípio entrou na jaula, que era uma fedentina só, acocorou-se diante do cadáver de Furioso, tentou separar as mandíbulas duramente cerradas. Depois, com a mão de unhas mal aparadas, apalpou o corpo de Furioso, bem no lugar do coração.

José Freitas falou:

– Estão pensando, seu Alípio, que foi veneno que deram para ele. Mas eu acho que o bicho morreu mesmo foi de velhice.

Seu Alípio levantou-se, encarou com gravidade o corpo inerte:
— Realmente, ele estava muito velho.
Cármen voltou a indagar se não iam aproveitar a pele. Então, don Pedro interrompeu o seu silêncio. Passou a mão pela testa ampla, rosada, disse:
— Enterre assim mesmo, Zé Freitas. Mas não aqui. Fora da cidade. Leve o corpo na kombi.
Furioso foi enterrado numa clareira, perto da estrada de terra batida. Atrás da kombi, os meninos improvisaram um cortejo ruidoso, última homenagem ao velho leão, cujo corpo fora envolvido num tapete velho, a cauda sobrando e balançando como o braço de um assassinado. E foram eles, os moleques, que ajudaram José Freitas e Chiquinho a cavarem a cova, bem funda.
Um dos meninos foi buscar uma pedra e colocou-a sobre a cova fechada.
— É pra gente não esquecer do lugar.
Não houve espetáculo naquele dia. À noite, toda a trupe foi convocada por don Pedro à sua barraca. Na mesinha do centro, don Pedro havia colocado dois maços de notas. Estava vestido com o seu melhor traje, o das grandes apresentações, casaca e colete brancos, vistosa gravata vermelha crescendo da camisa igualmente de um branco reluzente, abotoaduras de ouro nos punhos engomados. Fisionomia séria, don Pedro começou a falar, quase num murmúrio:
— Vocês sabem que sem o leão o circo quase não vale nada. Não quero desfazer de ninguém. Vocês todos, cada um na sua especialidade, são bons artistas. Mas a verdade é que Furioso é que atraía gente.
Ninguém respondeu. Cármen riscava o chão coberto de serragem com o sapato de ponta fina. Chiquinho pitava seu cachimbo caipira.

— Como disse, não é que eu queira desfazer do trabalho de vocês. Mas temos que encarar a realidade...

Don Pedro suava abundantemente; e foi o mágico chinês (na verdade Anacleto Silva, um cearense do Crato) quem falou por todos:

— Nós compreendemos, don Pedro. Furioso é quem chamava o público.

Don Pedro passeou os olhos pela trupe. Era todo desalento. Disse:

— Todos trabalham muito bem. Mas vocês sabem, por estas bandas leão é coisa rara... As pessoas gostam de ver um bicho que nunca viram. Vocês viam quando, além de Furioso, tínhamos a girafa. Tudo ia melhor.

Nicota, que no número do trapézio dançava no ar o corpo de menina, falou, a voz estridente:

— O senhor compra outro leão, don Pedro. Compra um filhinho de leão, em qualquer circo, e espera ele crescer. Leão cresce depressa.

Don Pedro encarou a quase menina, mas era como se não a estivesse vendo. José Freitas cutucou Nicota:

— Não diga bobagem, moça.

— Bobagem por quê? Todo mundo sabe que leão cresce depressa.

Ninguém disse nada. Don Pedro sentou-se na cadeira de vime, larga e imponente como um trono. E de fato aquele era seu trono. Disse:

— Bem, vamos encurtar a conversa. Sem Furioso não vai dar. De forma que vou fazer o que deve ser feito. O que é justo. O circo não pode continuar.

Entre uma pausa e outra do monólogo apagado, o silêncio era absoluto. Escutava-se apenas o chiar do carbureto, os grilos lá fora.

— De maneira que resolvi vender o circo. Vendi hoje à tarde ao dono do Grande Circo Americano, que está montado aí na cidade vizinha. Logo que ele soube da morte de Furioso, veio me procurar. Sabia que sem o leão eu não podia continuar. Ele fez uma proposta, eu fiz outra, acertamos tudo, fechamos o negócio. O circo agora é dele.

Apontou para os maços de dinheiro sobre a mesinha:
– Tudo rendeu trinta milhões, pois muita coisa ele não quis. O toldo, por exemplo, que está um molambo. Disse que talvez contrate um de vocês, mas não citou o nome de ninguém. Para mim, não quero dinheiro. Tenho minhas economias, que dão para a velhice. Vou voltar para Moji, me juntar aos parentes que ainda tenho lá. Levo apenas minhas roupas e as medalhas.

As medalhas eram numerosas, ninguém sabia como ou por que ele as havia ganho. Guardava-as com ciúme numa caixa de madeira forrada de veludo de um azul forte; e na tampa fizera gravar seu nome numa placa de prata.

Colocou os óculos de aros finos, disse:
– Aí estão os trinta milhões. Vou dividir com vocês.

O luar penetrava pelas frestas do barracão com uma luz mais estável do que a que vinha do carbureto das lamparinas. Don Pedro começou a separar as cédulas, vagarosamente, arrumando-as em pequenas porções.

Foi Nicola, o mata-cachorro, quem interrompeu:
– E o senhor fica sem nada, don Pedro? Assim não é justo.

O mágico chinês mexeu com a cabeça, num gesto rápido. José Freitas apertou com força o braço de Nicota. Mas Nicota estava decidida:
– Nicola tem razão. Não é justo. A gente é moça, pode ir procurar emprego noutro lugar. Vou para o Americano, para o Éden, para outro circo qualquer. Estou certa que vão me aceitar. Mas o senhor, don

19

Pedro, está velho. Me desculpe, não lhe quero faltar com o respeito, mas é a verdade. E o senhor tem sido como um pai para todos nós. Somos ou não somos uma família? – Voltou-se para o restante da trupe, disse, na mesma voz estridente: – Acho que a gente não devia aceitar o dinheiro. Nem um tostão.

Voltou-se para don Pedro, que esquecera a palma da mão sobre um dos maços das cédulas, foi incisiva:

– Não sei dos outros. Mas quanto a mim já tomei uma decisão.

E num tom ainda mais alto:

– Minha parte pode ficar com o senhor, don Pedro.

O mágico chinês endossou:

– A minha também. É o certo.

Todos concordaram: don Pedro devia ficar com o dinheiro todo. Cada um tinha um pouco do seu, se arranjavam. Apenas José Freitas disse que estava quase a nenhum. Mas só precisava de pouca coisa, apenas o suficiente para comprar uma passagem para Guaratinguetá, sua terra. Lá, sabia, tinha emprego certo, na loja do irmão.

Todos falaram quase ao mesmo tempo:

– Isso a gente arranja, Zé Freitas. Fazemos uma vaquinha.

Calado e num sorriso triste, don Pedro escutou a conversa de todos. Fez depois um gesto com a mão:

– Agradeço muito a vocês todos. Sempre contei com vocês, vocês são amigos. Mas, como disse, não preciso. Até o fim da vida, que não deve tardar, eu me aguento. Vou para o Sul, para a casa dos meus parentes. Lá não preciso de nada.

Falava manso, os olhos vagos. Depois fez uma pausa, olhou para uma das lamparinas, disse, como se falasse consigo mesmo:

– Levo somente minhas roupas. E minhas medalhas...
O dinheiro foi dividido em partes iguais, don Pedro despediu-se de todos, grave, ficou sozinho na barraca. Em seguida foi até lá fora onde a noite já ia alta. Sentou-se num banco, na porta da barraca, e ficou a olhar a lua, imensa, que vez por outra escondia-se por detrás de uma nuvem mais compacta. Um cão latia distante e ouvia-se o ronco dos caminhões que, na estrada ao lado, venciam com esforço a ladeira quase vertical na entrada da pequena cidade. Ficou ali sentado durante muito tempo. Depois fechou a barraca e foi caminhando em direção à pensão, ali perto. No meio do caminho, voltou-se, parou, e durante alguns minutos ficou a olhar o Grande Circo Zoológico Oriente: a lona desbotada e frouxa, como uma imensa vela que o vento fraco não inflava por completo, os cartazes coloridos da entrada ("Furioso! O terrível leão africano! Único da sua espécie em toda a América do Sul!"), a bandeirinha verde-amarela tremulando lá no ponto mais alto do mastro.

Subitamente, o vento soprou mais forte; e então chegou até don Pedro o cheiro acre, de coisa podre, que Furioso havia deixado. Don Pedro aspirou fundo e, então, sentiu qualquer coisa lhe apertar a garganta. Lágrimas lhe vieram aos olhos, mas don Pedro, num pigarro, enxugou-as logo no lenço que trazia sempre consigo, um grande lenço de quadriláteros coloridos, vermelhos e amarelos. Em seguida, voltou a andar – e agora os passos eram mais largos e apressados, como se ele estivesse fugindo de alguma coisa ou de alguém.

# A ENFERMEIRA MAGNÓLIA

Quando eu nasci minha mãe já tinha uns trinta anos. Lembro-me perfeitamente dela, embora já tenha morrido há tanto tempo: dos seus fartos cabelos negros e lustrosos, das suas faces pálidas, dos olhos também negros, mas tristes. Tinha as mãos longas e finas; e seu corpo era frágil, corpo de criança, o que dava a impressão de ser mais moça. Ao vê-la toda carinho comigo, meu pai tinha sempre as mesmas palavras:
— Você mima demais este menino, Elvira.
E a resposta dela era igualmente a mesma:
— Ele precisa. Ele não é como os outros, você sabe.
Eu não era como os outros. Era uma planta doente, sem raízes. Amanhã poderia murchar de vez, ou então ser levado por uma lufada de vento mais forte ou por qualquer enxurrada. Não deixaria falta no mundo. Meu pai talvez até suspirasse de alívio e meus irmãos certamente só lembrariam de mim, mais tarde, para comentar qualquer tolice que eu fizera quando vivo. Não, não era como os outros, não podia correr na rua, me juntar aos outros meninos, ser um deles, fazer o que eles faziam.

Depois da casa da esquina, cinzenta e baixa, de jeito atarracado, mudamo-nos para o sobrado vizinho, que meu pai fizera construir no quintal da outra casa. A frente era toda de azulejo, que brilhava ao sol como se fosse mármore. Havia um pequeno jardim na frente. E a subida para o andar de cima era feita por uma escada em caracol. Minha mãe não gostava do prédio alto e estreito, mudara-se contrariada. Sofria de varizes e aquela escada torcida lhe era penosa.

Meu pai justificava-se:

– Com um espaço tão reduzido, Elvira, só fazendo um sobrado. Num andar só não iria caber essa gente toda.

Aos poucos, minha mãe foi se conformando – sempre acabava se conformando com tudo.

Os dormitórios ficavam em cima, ocupando os três quartos, que eram vizinhos. Lembro-me que durante as noites de insônia, tão constantes, minha distração era escutar o ronco do meu pai, de sono sempre pesado. Na outra casa, eu dormia no corredor, separado dos meus irmãos, mas no sobrado era um quarto só para todos. Meus irmãos não gostaram da mudança. E José comentou:

– Isto aqui vai virar hospital. Com Francisquinho tossindo a noite toda, quem vai poder dormir?

De noite, antes que todos adormecessem, era um inferno no quarto de paredes caiadas. No escuro, Pedro jogava travesseiros nos outros; e então se desencadeava uma verdadeira batalha; e, muitas vezes, quando um dos travesseiros rasgava, o algodão ou as penas se espalhavam pelo chão. Vez por outra Gabriel pulava da cama, anunciando em voz abafada:

– Agora, o número final: o bailarino russo!

E ficava a rodopiar por entre as camas, enrolado no lençol que se abria e se fechava como grandes asas brancas.

Depois era o homem que equilibrava objetos. Gabriel punha uma cadeirinha de boneca (das tantas que minha irmã menor colecionava) na palma da mão, caminhava pelo soalho, na ponta dos pés, como se estivesse andando numa corda esticada. Quando o coro de gargalhadas aumentava de tom, vinha do quarto ao lado a ameaça do nosso pai:

– Se dentro de um minuto vocês não fizerem silêncio, vou aí!

De vez em quando lembravam-se de mim:

– O bobalhão já está dormindo?

– Só vendo.

Um travesseiro batia na minha cabeça. Eu ameaçava:

– Vou chamar minha mãe!

– Vai, nenenzinho? Por que não arranja um quarto só pra você?

Um outro dizia:

– Enterre a cabeça no penico e veja se dorme.

Quando todos pegavam no sono, eu continuava de olhos abertos, esperando durante horas o sono que custava a chegar. Ou procurando abafar a tosse, escondendo a cabeça sob o travesseiro sempre úmido.

Quando havia visita em casa, meus irmãos aproveitavam a ocasião para ficar até tarde na rua. Era uma liberdade que só ocasionalmente lhes era permitida e que eles não queriam perder. Então, eu subia para o quarto e lá ficava estirado na cama, sem pensar em nada, ouvindo sem interesse a conversa do meu pai com as visitas, que vinha lá de baixo. Eram vozes estranhas, algumas; outras, já conhecidas. Riam alto. Meu pai punha discos no gramofone de enorme bocal escancarado – trechos da *Aída*, da *Carmen*, do *Palhaço*, e principalmente do *Rigoleto*, cujas árias meu pai sabia quase todas de cor. Repetia sempre para os visitantes a história de uma certa noite em que ouvira Tito Schipa cantar, no Municipal do Rio de Janeiro. Pormenorizava, minucioso, cheio de orgulho:

— Que voz, meus senhores, que voz, meus amigos! O teatro tremia todo, parecia que ia desabar. Uma tempestade!

Às tantas, com a ajuda de uma velha empregada, minha mãe servia o jantar, nunca antes das nove. Eu ficava a ouvir o ruído dos talheres, do bater de copos e xícaras. E a voz do meu pai, explicando:

— Recebi este café ontem mesmo de São Paulo. Vejam só que delícia!

E o elogio das visitas:

— Esplêndido!

Depois era novamente a música do gramofone, que parecia tomar conta de toda a noite, dentro e fora da casa.

Quando os visitantes se retiravam, meu pai fazia sempre a mesma pergunta, invariável:

— Os meninos já entraram?

E a resposta era também sempre a mesma:

— Ainda não. Só Francisquinho, que não saiu, é que já deve estar dormindo.

— Não chegaram? Pois qualquer dia alguém vai dormir na rua.

Mas logo todos retornavam, num atropelo. Eu fingia que estava dormindo, mas não adiantava. José dizia:

— Acorda, pamonha. É hora de cuspir.

Eu não reagia, não dizia nada. Enterrava ainda mais o rosto no travesseiro e esperava pelo silêncio.

Depois de minha mãe, minha irmã Lurdes era a única pessoa que eu considerava minha amiga, lá no sobrado. Quando morávamos na casa ao lado, era com ela que eu brincava no quintal. Enfeitava suas bonecas com jasmins brancos e flores de cajueiro. Como eu, ela era frágil e doente: feridas se espalhavam pelo seu corpo, vinha dela um cheiro enjoativo de pomada. Tinha cabelos alourados, fartos, que desciam até os ombros. Os olhos eram também claros, aguados. Gostava de inventar histórias, particularmente histórias de bichos, que me encantavam. Lembro-me de uma delas – a de um macaco que tinha não sei quantas caudas, cada uma medindo mais de três léguas, enormes rabos que se enroscavam em altíssimas montanhas, que faziam pontes sobre os rios para que os outros bichos pudessem passar. Era a companheira de todos os dias, de todas as horas, entre as árvores do quintal, bananeiras, mangueiras e coqueiros. A não ser quando a doença a obrigava a ficar na cama, a febre alta, as feridas mais purulentas, os olhos inflamados.

A maior tristeza da minha vida foi quando, certa noite, minha mãe veio me acordar, dizendo:

– Sua irmãzinha morreu, meu filho. Venha vê-la.

O cadáver minúsculo quase sumia na cama estreita. Meus irmãos, que haviam acordado antes de mim, sussurravam ao redor. Fui me aproximando, cheio de medo. E, quando vi Lurdes estirada, tão imóvel, não resisti: abracei-me ao corpo da minha irmã e comecei a chorar; e meu corpo tremia todo, como se a malária tivesse voltado.

No dia seguinte, amanheci com febre alta. A febre demorou dias, e nos meus delírios eu via Lurdes me chamando, toda de branco, sentada numa pequena nuvem, igualmente branca:

– Venha pra junto de mim aqui no céu. Venha.


Uma tarde minha mãe me disse:

– Para o mês você vai para a escola. Vai estudar, crescer, tornar-se um homem para cuidar de sua mãe quando ela estiver velhinha.

Aquilo me encheu de tristeza. Sabia que jamais iria suportar a companhia dos outros colegas, gente que não conhecia e que com certeza não iria gostar de mim, como meus irmãos não gostavam. Estava convencido de que entre eles eu seria sempre o menino doente e arredio, macilento, que todos evitavam. Perguntei à minha mãe se não podia estudar em casa – ela me daria as lições. (Tinha sido professora antes de se casar.) Mas minha mãe disse que não:

– Não, meu filho. Não tenho tempo. Você tem que estudar lá no colégio, como seus irmãos.

O colégio ficava num casarão, do outro lado da praça, de grande portão de ferro e fachada de um amarelo carregado na qual se abria um número sem conta de janelas. Lá em cima, de um mastro igualmente de ferro, pendia uma bandeira nacional, já desbotada e gasta pelo tempo, e que raramente o vento fazia tremular. O senhor absoluto daquele castelo era o professor Marcondes, de enorme barriga e calva reluzente, e que passava os dias a passear pelas inúmeras salas e corredores, a gritar com a sua voz forte, que me enchia de tremores:

– Seu moleque! Seu burro!

A comprida e elástica vara de jacarandá, que sempre trazia consigo, estalava no corpo da vítima, sem pena.

Não fiz amigos, como já esperava. Vivia encolhido no meu canto, numa das últimas fileiras da sala de aula, sem prestar muita atenção ao que diziam os professores e a rabiscar figuras sem nexo na capa dos livros e cadernos. Muitas vezes detinha-me a olhar o céu que aparecia lá fora, enquadrado pela janela, ou para os dois coqueiros que se alteavam na praça. A professora Severiana, moça de gestos enérgicos, seios imensos e voz um tanto rouca, é que costumava interromper meu ensimesmar:

– Sonhando novamente, poeta?

A classe toda voltava-se para mim, numa gargalhada única.
– Repita a pergunta que fiz.
– Que pergunta? – minhas orelhas pegavam fogo.
– Vamos, poeta, repita.
Logo o tratamento viraria apelido: "poeta". E foi assim que passaram a me chamar. Eu não era mais o 75, era o "poeta". Troçavam:
– Poeta, escreva aqui uns versinhos no meu caderno.
Ou então:
– Poeta, está vendo a lua aqui na ponta do meu dedo?
Com o tempo, me acostumei. Ria sem vontade, complacente, resignado.

No fim das tardes, voltava para casa sempre com o estômago embrulhado, boca amarga, sem fome. Minha mãe erguia os olhos do crochê, perguntava como fora no colégio:
– Tirou alguma nota boa?
As mesmas perguntas de todos os dias, e às quais eu já nem respondia mais, ou respondia apenas com um resmungo.
Tirava rápido a farda pesada, de cáqui e punhos azuis, vestia o pijama, e logo estava estirado na cama, gozando só para mim a calma do entardecer, uma tranquilidade que logo seria perturbada pela algazarra dos meus irmãos, que, mais adiantados, estudavam noutro colégio. Na folhinha que havia pregado na parede ao lado da cama contava os dias e verificava com alegria que faltava pouco para as férias.
E, quando as férias chegavam, meu prazer maior era ficar numa das janelas da frente para ver passar Maria-Rica,

a louca. De longe, já se escutava o bater forte do seu bastão nas calçadas, divisavam-se os seus gestos largos, escutava-se sua voz estridente e imperativa a dar ordens. Andava sempre apressada, quase correndo, mas subitamente estacava diante de alguma porta ou então voltava-se, brusca, como se quisesse enfrentar alguém que lhe vinha ao encalço. Outras vezes era o bando de meninos que a cercava por todos os lados, aos gritos, o que a deixava ainda mais enfurecida, furor que aumentava quando um deles conseguia escapar do seu bastão e lhe puxara saia. Um ódio mortal faiscava em seus olhos desmesuradamente fora das órbitas, injetados; seus dedos ossudos grudavam-se ainda mais no bastão e sua cabeça balançava freneticamente de um lado para outro – tudo isso acompanhado de uma enxurrada de invectivas e palavrões que a raiva que lhe enchia a boca de espuma tornava quase ininteligíveis. Era muito magra, pele e osso, diziam que não tinha mais de trinta anos, mas parecia ter muito mais: os andrajos encardidos, a cabeleira revolta e empoeirada, as faces chupadas e rugosas, o peito batido, tudo isso lhe dava uma aparência de bruxa velha castigada pelo tempo. Toda manhã era o mesmo ritual: o bastão batia forte na calçada e a doida, a cada pancada, punha-se a dar ordens a imaginários serviçais, pois para ela toda a cidade lhe pertencia, todos eram seus escravos, todos estavam ali apenas para servi-la.

Um caminhão matou-a, certo dia, bem perto de nossa casa. Fui até onde um grupo numeroso reunia-se em torno do corpo esmagado e sangrento da doida. Ergui-me na ponta dos pés e olhei: Maria-Rica estava estirada bem no meio da rua, empapada de sangue, um sangue espesso, de um vermelho escuro, a combinar com o rubro ensandecido dos olhos injetados que ninguém ainda tivera a caridade de fechar. Só depois é que alguém iria cobrir o corpo com lençol branco, em seguida, outras pessoas acenderiam velas em torno do corpo inerte. E só muito mais tarde é que uma viatura da polícia viria apanhá-lo.

A morte da louca me encheu de tristeza. Sem saber por que motivo, eu havia metido na cabeça que ela gostava de mim. Pelo menos quando passava diante da janela onde eu estava, costumava parar por alguns instantes, olhava-me calada, e eu parecia ver em seus olhos algo que me parecia um sinal de cumplicidade, de ternura, como se ela quisesse me dizer alguma coisa amiga e não conseguisse encontrar as palavras certas. Parava, me olhava sem raiva, dava uma bengalada menos forte na calçada, murmurava qualquer coisa e ia embora.

Antes dos 14 anos minha saúde agravou-se. Constante febre alta, frio, tosse, inapetência, delírios. Levaram-me para o hospital, na periferia da cidade, um casarão lúgubre, de paredes encardidas e cercado quase que inteiramente por dunas de uma areia muito branca, que o sol queimava.

Meu quarto ficava na parte esquerda do edifício, um quartinho exíguo, mais parecendo uma cela. A única janela abria-se para um sítio de grandes árvores frondosas, a única paisagem viva naquela solidão toda. À noite, o vento gemia aziago por entre as frestas da janela e muitas vezes trazia até mim um pouco da areia fina lá de fora – era um vento morno, constante, o mesmo vento que certa tarde me havia açoitado no cemitério, quando fui ao enterro do meu tio Arnaldo, de quem tanto gostava.

As noites pareciam não ter fim. Havia sempre alguém gemendo num dos quartos, campainhas soavam, vozes surdas e sussurrantes vinham do corredor comprido como um rio. E era permanente aquele odor de éter e creolina.

Logo no segundo dia da minha presença ali, febril e cheio de apreensão, escutei baterem à porta. E uma voz que indagava:

— Posso entrar?

Sentei-me na cama, encostei-me no travesseiro. Entrou a mesma enfermeira que no dia anterior havia me levado até o quarto e naquela manhã havia me trazido a primeira refeição.

— Vi a lâmpada acesa. Pensei que quisesse alguma coisa...

Era muito branca, cabelos pretos que a touca alva escondia quase por completo; e o uniforme de uma alvura sem mancha, que lhe descia até abaixo dos joelhos, não conseguia disfarçar o busto farto, saliente. Tinha uma voz mansa, acariciante, um tanto infantil. Os dentes eram limpos e certos, pareciam brilhar.

— É o vento... Não consigo dormir.

— Não pode ser somente o vento. Você deve estar é com fome. Vou lhe trazer um mingau. Ou prefere um chá bem quentinho?

Eu não queria nada. Na verdade, o que intimamente desejava é que ela ficasse ali comigo, a noite toda, a mão pequena e leve segurando a minha, sentada ao meu lado na cama.

Saiu, voltou depois com o mingau.

— Coma. Todinho. Hoje você quase não comeu nada. E doente não pode ficar sem se alimentar.

Comi bem devagar.

— Agora veja como o sono vai chegar.

Colocou a mão em minha testa, sorriu:

— Quase sem febre.

Alisou meus cabelos, ajeitou o travesseiro e o lençol, sorriu mais uma vez, despediu-se:

— Até amanhã.

E apagou a luz.

Chamava-se Magnólia – e, como tudo começou, ainda hoje não sei ao certo. Só sei que a presença de Magnólia foi aos poucos tornando-se para mim indispensável. Mesmo quando a febre cedia e a tosse amainava, eu achava sempre uma maneira de tê-la ao meu lado, pedindo qualquer coisa, queixando-me de dores que de fato não sentia. Era ela quem mudava meus lençóis, ajeitava o travesseiro, ajudava-me a descer da cama e a sentar na cadeira de vime. E sua vozinha de criança estava sempre a insistir para que eu comesse ou bebesse o que trazia, para que eu deixasse o prato limpo e o copo de leite vazio.

– Se você não se alimenta, como é que vai ficar bom? Coma.

Obediente, eu tomava o mingau até o fim, bebia todo e sem prazer o leite que logo depois estava me pesando no estômago, me dando ânsias de vômito.

Foi por seu intermédio que passei a conhecer a intimidade do hospital, quem eram as pessoas, de onde vinham os sons que me cercavam. Solícita, Magnólia enchia meus dias vazios. As visitas eram poucas, raras; só minha mãe costumava aparecer dois, três dias por semana, mas mesmo ela demorava pouco. Dizia algumas palavras, conversava com o médico, fazia perguntas a Magnólia, contava qualquer coisa a respeito dos meus irmãos, do meu pai, repetia que logo eu estaria bom, era questão de paciência:

– Não é, Magnólia?

– Claro, dona Elvira. Agora ele já me obedece. Estamos amigos.

Mas na verdade eu não me importava mais com o tempo que ainda teria que ficar ali, no hospital. Na verdade, queria ficar. Só em pensar que se tivesse alta e fosse embora nunca mais veria Magnólia me enchia de angústia, me dava a sensação de que estivesse prestes a ser fulminado por um desastre; ou a perder alguma coisa que não deveria ser perdida.

Na grama tenra que em volta do hospital procurava segurar a areia fina, Clara cuidava, cantarolando, da sua pequena horta, que costumava regar várias vezes ao dia, lutando contra o sol inclemente. Havia ainda outras enfermeiras que passavam o dia a andar pelo corredor. E havia também Luís, o enfermeiro, sanguíneo, de poderosos braços de atleta. E havia, ainda, a réstia de sol de todas as tardes, que se infiltrava pela persiana e vinha incrustar no chão do quarto uma moeda de prata.

Mas o som maior vinha de Magnólia. Era de Magnólia que vinha a luz mais clara. Os dias iam passando e dentro de mim crescia cada vez mais o desejo de tê-la sempre junto a mim, a me alisar os cabelos, a me olhar com aquele olhar que tanto me fazia bem. Em meus sonhos – e as noites estavam sempre povoadas deles –, Magnólia me abraçava e me beijava, despia-se devagar e sem medo, e logo eu tinha ao meu alcance os dois seios bojudos, brancos como a dona, de bicos rosados; e ela me oferecia os dois, um de cada vez, fazendo com que o bico pontudo e endurecido se aproximasse de minha boca ávida. E dizia: "Mame mais... Assim... assim... Agora neste... Mame... mame... sugue bem...".

Ela pareceu perceber o que se passava comigo: tornara-se mais íntima; ao entrar no quarto, num gesto que fingia não ser intencional, logo desabotoava o primeiro botão da blusa, depois o segundo, sentava-se na cama, me alisava os cabelos com mais frequência, me apalpava por debaixo dos lençóis ou, então, os puxava de uma só vez:

– Quer que mude a roupa da cama?

Não precisava. Então ela ajeitava o travesseiro, e para isso debruçava o colo cheio sobre mim, os seios fartos roçando meu rosto, os braços quase envolvendo minha cabeça, as coxas apertando o alto das minhas pernas. Também suspendia a saia do uniforme, como se quisesse arrumá-la, deixando ver um pouco das coxas grossas, além do limite das meias de algodão. Outras vezes, fazia com que eu ficasse de pé, ao lado da cama, tirava o paletó do meu pijama e punha-se a limpar meu dorso com um pano embebido em água morna. E ali estavam os dois seios, que se mostravam quase livres no sutiã folgado quando ela se inclinava mais. Que vontade de apertá-los.

Fui criando coragem, até que certa tarde, já começo da noite, rocei intencionalmente a mão sobre seu colo farto. Ela fingiu não notar. Depois, noutra noite em que fazia serão, quando se aproximou de mim para me ajeitar o lençol, puxei-a com força, colei meus lábios nos seus, abracei-a com fúria, a mão sem jeito procurando imiscuir-se o mais profundo possível por entre o decote. Ela não resistiu. Apenas disse, logo livrou-se do meu abraço:

– Você está me saindo um grande atrevidinho. E se irmã Teresa (era a madre) entrasse de súbito... Quer que eu perca o emprego?

Mas eu nem a escutava. Puxava-a novamente pela mão, voltava a apertar os seus seios, suas coxas, cheguei até mais em cima, onde senti a umidade de odor penetrante orvalhando os pelos macios e fartos.

Certa vez, irmã Guilhermina quase nos surpreendeu: num salto, Magnólia desvencilhou-se do meu abraço, ajeitou rápido o uniforme, falou alto:

– Está suando novamente. Acho que a febre voltou. Vou mudar o lençol.

E seus olhos, seus gestos, sua voz, tudo nela era indiferença; nada nela denunciava o que havia acontecido segundo antes.

Limitou-se a dizer, quando irmã Guilhermina deixou o quarto:

– Puxa... quase...
E depois:
– Quer saber de uma coisa? Estou doida que você vá embora. Falo sério... Estou rezando para você ficar bom.
E antes de sair me deu um beijo demorado na boca.
Fiquei bom. Minha mãe veio me buscar. Disse-lhe, mentindo, que ainda não me sentia bem ("acho que voltei a ter febre ontem à noite..."), que seria melhor ficar mais alguns dias no hospital. Ela surpreendeu-se:
– Não entendo você. Na semana passada queria porque queria ir para casa. Agora quer ficar. Nada disso. Doutor Augusto já lhe deu alta. Agora é seguir o regime e tomar os remédios que estou levando.
No dia em que deixei o hospital, em vão procurei ver Magnólia. Perguntei por ela, responderam-me que era o seu dia de folga.
– Mas a folga dela não é na quinta? Hoje é quarta.
– Ela pediu para antecipar, disse que a mãe está doente.
Minha mãe falou:
– É uma pena. Queria muito agradecer a ela por tudo que fez pelo meu filho, sempre tão atenta, tão atenciosa. Mas no sábado volto aqui para deixar uma lembrancinha. Ela foi um anjo, não foi, filhinho?
Não respondi.

## DOZE ANINHOS

Naquela tarde está em seu quarto, no segundo andar do sobradinho, folheando um livro de gravuras coloridas, quando escuta passos cautelosos. Volta-se. É Josefa, a empregada, corpo de carnes fartas, nádegas exuberantes, seios que imagina imensos.

– Que está fazendo aí tão sozinho?

Responde:

– Não está vendo? – e ergue o livro.

Sem cerimônia, num gesto despachado, a empregada senta-se na cama, bem próximo dele; e logo está passando a mão pela sua cabeça.

– Que livro é?

– Ora, um livro. Ganhei de presente no meu aniversário.

– Foi na última quinta-feira, não foi?

– Foi.

– E quanto aninhos meu benzinho fez?

– Doze.

– Já está quase um homem. – Pausa. – Pois eu também tenho um presentinho para você...

A mão deixa a sua cabeça, escorrega pelo seu peito, detém-se por instantes numa de suas coxas, apalpa mais em cima:
— Que é isto aqui, queridinho?
Ele não responde. Agora a mão da empregada insinua-se por debaixo da calça de pijama:
— Estou falando disto aqui, pontudinho? Que é?
Sente uma onda de sangue aflorar às faces, as orelhas começam a pegar fogo.
— Vejam só, está ficando durinho.
Limita-se a dizer, num tímido protesto:
— Deixe eu ler meu livro.
— Pode ler, amorzinho. Prometo que não vou atrapalhar.
Agora a mão experimentada abraça todo o seu sexo, que sente intumescer.
Tenta, sem muita vontade, desembaraçar-se da empregada — mas está tão bom assim, a mão é morna, um tanto áspera, mas fofa e morna.
— Se você ficar assim bonzinho lhe mostro uma coisa. Meu presentinho. Quer?
Não responde.
A empregada segura sua mão, dirige-a por debaixo da saia até o final das coxas robustas. Sente o contato de pelos. Finge querer livrar a mão, mas Josefa prende-a no alto das coxas.
— Fique quietinho. Promete?
Não responde.
A empregada abre devagar as pernas, força sua mão de encontro aos pelos, força-a mais, agora é uma espécie de visgo que lhe molha os dedos. Depois, a mão experiente segura um dos seus dedos, o indicador, e com ele põe-se a alisar a fenda úmida. A operação obedece a um ritmo seguro, mas sem pressa. Com a outra mão, Josefa desce uma das mangas do vestido, extrai do sutiã um dos

seios – é enorme, de um moreno bem carregado, o mamilo de cor de carvão. Aproxima-o de sua boca:
– Dê um beijinho aqui.
Não responde, nem obedece. A empregada, sem interromper o ritmo da fricção, aproxima o mamilo de sua boca:
– Vamos, abra. Só um pouquinho.
O mamilo tem a dureza de uma pedra.
– Chupe um pouquinho, bem devagar. Assim...
Agora ela trabalha o seu dedo, entre as coxas, num ritmo mais acelerado. E tudo termina primeiro num arfar rouco e, logo em seguida, num longo suspiro.
Josefa liberta sua mão, os dedos estão viscosos, vem deles um odor penetrante. Depois de guardar o seio bojudo no sutiã, a empregada lhe dá um beijo na testa, volta a lhe alisar os cabelos.
– Amanhã vou lhe ensinar uma coisa muito gostosa. Quer?
Não responde.
– Você sabe que aqui na casa é você de quem mais gosto? Você é o meu queridinho, sabia?
Beija-o novamente na testa, ergue-se, ajeita o vestido, promete:
– Amanhã eu volto. Ou não quer?
Não responde.
Do dia, resta apenas um pouco de luz velada e fraca que a cinza do crepúsculo vai apagando. Mas dentro de sua cabeça é como se uma fogueira estivesse queimando. Ficou nos dedos, insistentes como uma queimadura, o arranhar dos pelos crespos, o calor das coxas.
Antes de ir embora, Josefa pergunta:
– Quer ver agora onde você pegou?
Não responde.

De pé, a empregada ergue a saia – está sem calças. Bem embaixo da barriga, o espesso triângulo tem o negrume de uma brasa apagada.

Sonha que mulheres nuas carregam-no, enlaçam-no em mil abraços, mordem-lhe os lábios com fúria, até a dor. Sente sobre o corpo o peso de seios gigantescos e de pontas afiadas que espetam e queimam. Subitamente, uma das mulheres expulsa todas as outras, e agora só resta no sonho o corpo nu e escuro de Josefa. "Venha cá, queridinho. Pegue aqui." Os dois seios se aproximam cada vez mais, vão esmagá-lo. Pouco importa. Deixa sem protesto a empregada guiar a sua mão inexperiente: "É bem aí, amorzinho. Assim. Agora morda, mas bem devagarinho. Assim. Mais um pouquinho, meu amor." A mão tateia, agora quer alisar todo o corpo, e por ele passeia, sem rumo definido, detendo-se aqui e ali, onde a carne é mais túrgida e mais consistente. Em seguida, o corpo pesado e farto de Josefa cai como um cobertor sobre ele todo – e então sente que alguma coisa dentro de si está se esvaindo, como uma veia cortada.

Desperta, inquieto, procura na escuridão o corpo de Josefa, apalpa aflito o travesseiro. (Lá na praça os grilos arranham o silêncio.) Leva a mão até o sexo intumescido, sente uma umidade morna no alto das coxas. Adivinha que alguma coisa lhe aconteceu, mas não sabe bem o quê. A garganta lhe queima, gostaria de beber água.

Logo depois mergulha num sono aliviado, como se um corte reto e preciso tivesse acabado de livrá-lo de um tumor maduro.

# QUERIDO

*(cartas de Alfenas)*

Alfenas, 5 de agosto de 1942

*Querido Jorge*

*Saúde e felicidade é o que lhe desejo de todo o coração. Jorge, estou contente porque breve você chegará. Penso em você dia e noite, e não me canso de repetir o seu nome às minhas amigas. Ultimamente eu tenho brigado muito com a minha mãe, e isso é muito bom para mim porque acho se eu fugir ela não vai se incomodar muito, porque ela diz que eu sou muito levada. Ela me disse uma vez que se eu sumir da vida dela não farei falta nenhuma, e que eu nasci mesmo pra ser mulher da vida. Não pense que me importei, fiquei até contente com essas palavras. A minha mãe é uma aventureira, desde que se casou. Ela nunca se importou muito com os filhos do marido e tem imenso amor aos filhos do atual amante. Você deve fazer um mau juízo de mim por eu estar dizendo estas coisas da minha própria mãe, porque eu sei que um filho, principalmente uma filha, não deve nunca falar mal da própria mãe por mais ruim que ela seja, mas o que quero dizer com tudo isso é que ela teve um mau passado e que se eu abandonasse a minha casa ela não poderá fazer nada, porque breve completarei a minha maioridade. Eu não vou mais lhe falar deste assunto porque você já deve estar enjoado disto.*

*Quero lhe dizer também que o Hotel Santa Cruz não é mau, se é que você pretende se hospedar lá. Eu espero que sua viagem para aqui corra do melhor modo possível. Não tenho certeza se lhe escreverei outra carta porque ando completamente sem assuntos interessantes e você deve estar cansado de ler cartas com o mesmo enredo (não sei se é assim que se escreve), mas a verdade é que as minhas cartas têm sempre o mesmo lero-lero. Gosto de inventar assuntos esquisitos para a carta ficar bem comprida e você não se esquecer depressa de mim. Quando você me escreve leio suas cartas quatro ou mais vezes por dia inclusive na hora de dormir. Chego a decorar pedaços inteiros delas.*

*E aqui (veja a marca do batom) fica um beijo apaixonado da sua*

*Lúcia*


Alfenas, 23 de outubro de 1942

Meu Amor

*Você disse pelo telefone que mandaria uma carta para mim e que eu respondesse imediatamente mas até o momento em que estou escrevendo esta não recebi nenhuma carta. Eu estou quase desesperada de saudades mas já que esperei até agora terei resistência para esperar mais um mês, até completar 18 anos que vai ser no dia 3 de novembro. Não esqueça. Eu quero lhe dizer também que aquela moça morena que lhe vendeu o livro* Eu fui médico de Hitler *vai para aí. Ela gosta um pouco de você por isso eu lhe digo que se você se encontrar com ela aí não vá na onda porque ela embora seja encantadora até no modo de conversar é muito volúvel e fingida e não merece o amor de homem nenhum. Ela não é mais moça* e anda com qualquer um. A mãe dela vive dizendo que vai matá-la com um revólver e é por isso que ela vai embora e pediu que eu lhe telefonasse para você ir apanhar ela na estação. Mas eu peço pela sua felicidade que não vá porque se você for me fará uma desgraçada. Se ela lhe roubar de mim morrerei de dor. Você não deve querê-la porque ela vai ser amante de um tal Miguel, um homem casado e com quatro filhos, além disso se ela resolver ir para a sua companhia não lhe será fiel porque ela não é dessas que se dedicam até a morte. Eu lhe imploro com sinceridade que não a queira mas se você quiser trocar ela por mim a única coisa que poderei fazer é morrer. Eu espero que você não queira ela porque se eu não mereço o seu amor ela muito menos do que eu. Se eu pudesse ir com ela para não deixar que ela tome conta de você. Da outra vez eu não lhe quis dizer que ela não é mais moça porque eu não tenho o hábito de falar mal dos outros mas já que ela é falsa para mim serei também para ela. Você deve se lembrar como ela ficava convidando você para ir ao cinema. Isto é uma falsidade porque eu embora não possua atrativos serei incapaz de convidar o namorado dela para passear comigo. Você achou ela muito bonitinha por isso tenho medo que você a queira. Se você ficar com ela, e eu morrer ou enlouquecer, você não terá mais sossego na vida enquanto se lembrar de mim e do que me fez. Morta ou maluca eu hei de lhe perseguir por toda a parte não lhe dando descanso um só minuto que seja. Eu tenho que ser sua algum dia nem que seja depois de morta. Agora em novembro, não sei se no dia 22 ou 23, vai completar oito meses que eu lhe amo apaixonadamente com muito amor. Quando eu fizer 18 anos irei aí de qualquer maneira, custe o que custar. E digo logo que não pretendo voltar mesmo que você me deixe no meio da rua.

*Você anda tão silencioso que chego a pensar que você não me quer mais. Eu sonho com você todas as noites e o meu patrão já sabe que eu choro é por causa do namorado. Eu contei a ele que lhe amo demais por isso é que vivo chorando, estou sempre com os olhos vermelhos, acho que vou passar a usar uns óculos pretos para ninguém notar. Enquanto eu não me encontrar com você e ficar para sempre ao seu lado não terei tranquilidade. Estou ficando cada vez mais feia e digo logo isto que é para quando você chegar aqui não ficar decepcionado. Eu hoje estou muito aborrecida, deve ser porque estou com aquela coisa que mulher tem todo mês você sabe. Além disso está fazendo tanto calor que se aqui tivesse mar eu já estaria lá há muito tempo. De noite não saio mais de casa nem ao cinema vou mais de tanta saudade que estou de você. A minha vida agora é pensar em você dia e noite sem deixar de pensar dois minutos. Sinto um desejo imenso de ter você do meu lado de ficar pegando em você. Eu necessito muito e muito de você, não sei se para meu bem ou para o mal mas o certo é que preciso de você com urgência.*

*Sem mais para o momento termino pedindo-lhe que me mande, nem que seja por compaixão, palavras consoladoras, sim meu amor? Acredite sinceramente nesta que lhe ama com toda a alma, todo o coração, apaixonadamente, sincera e loucamente. Você é o meu* única *amor. Meu amor, meu amor, meu amor. Sua somente sua*

*Lúcia*

*P.S.: Não escrevo mais porque não tem mais lugar no papel.*

Alfenas, 5 de novembro de 1942

*Meu Adorado Jorge*

*Hoje não tenho nada de interessante para lhe dizer. A novidade que tenho é que estou muito resfriada e falando igualzinho à sua "querida" Araci de Almeida.*

*Aqui em Alfenas hoje está fazendo muito calor. Não quero dizer nada sobre a sua vinda porque senão dá tudo o contrário do que eu penso.*

*Estou com muitas saudades e espero ansiosa pela sua chegada.*

*No Dia de Finados fui ao cemitério visitar a sepultura do meu pai mas como não tolero cemitérios e como este é um assunto melancólico deixemos a conversa de lado. Quero aproveitar para lhe dizer que não gosto daquela sua amiga, a Beatriz. Li uma entrevista dela numa revista aí do Rio e achei ela muito afetada, muito convencida, antipática e cínica. Penso exatamente o contrário do que você pensa a respeito dela.*

*Desculpe-me se me desviei do assunto mas só de me lembrar da tal da Beatriz me deu tanta raiva que se o papel fosse maior eu continuaria escrevendo tudo o que penso dela. Se eu fosse uma jornalista como você faria uma reportagem sobre ela dizendo que a pessoa mais antipática do mundo perto dela é café pequeno.*

*E aqui fica o abraço e os beijinhos da sua*

*Lúcia*

*P.S.: Se você ficar zangado com que eu disse da Beatriz quando eu for para a sua companhia me dê umas palmadas (pode ser "naquele" lugar...) para pagar o que eu fiz, sim coração? Esta carta está pra lá de enjoada, não está? J'espère vous revoir bien-tôt, como diz meu livro de francês. Sua*

*Lucinha*

Alfenas, 8 de dezembro de 1942

*Meu Adorado Jorge*

*Ando muito inquieta e deprimida nesses últimos dias pois parece que você não faz mais caso de mim. Estou achando que o lugar que ia ser meu já foi preenchido por outra que merece. Eu não merecia. Eu estava prevendo que no fim ia acontecer qualquer coisa de desagradável para mim. Sou mesmo uma azarada. Por isso lhe adianto que presunçosa isso é que não sou. Nunca pensei que um dia você chegasse a me amar. O que eu sempre pensei é que você tinha, como você demonstrou numa de suas cartas, uma certa amizade por mim devido ao abandono em que vivo. Você teve razão em dizer que sou uma criatura frágil, solta neste mundo sem ter o amparo de ninguém. Tudo isto é verdade pois no momento não tenho ninguém que se preocupe com a minha vida e meus atos. Sempre fui senhora das minhas atitudes e só ainda não fui atrás de você é porque não sei se serei recebida. E não é dizer que sou assanhada e que todo mundo pode se intrometer comigo. Não é isto. Eu até que sou muito séria e duvido que haja muitas moças assim. O caso é que os homens bisbilhoteiros leem no meu íntimo um desejo estranho como o de quem não está satisfeita da vida. Eu vivo dia e noite preocupada por sua causa. Às vezes chego a ter raiva de mim mesma por ser tão burrinha assim mas infelizmente tenho este fraco quando se trata de amor. Eu sei que você não dá a mínima importância ao que eu digo nas minhas cartas, e aliás você já deve estar nervoso com as minhas ladainhas de sempre. Sei também que você é um rapaz muito ocupado, me disseram que jornalista não tem hora nem de dormir, de forma que não pode estar se preocupando com as coisas sem pé nem cabeça que escrevo, com as queixas de uma bobinha qualquer. Sei que você não tem tempo para ouvir queixumes, principalmente os meus, que não sou nada apenas uma poeirinha na sua vida. Você não acredita que sofro muito por sua causa, que não sou nada neste mundo, que até o dia 9 de novembro você foi muito gentil comigo e que 17 dias depois você já não era o mesmo (tenho tudo anotado no meu diário), que eu lhe dei muitas despesas com telefonemas, cartas etc., que você já deve estar amando a minha rival embora ela seja uma criatura da mais baixa espécie. Você parou de me escrever eu sei porque ela não deixa mas o fato é que encarnei em você, não quero mais lhe deixar, sendo que você está doido para se ver livre das minhas cartas tão desenxabidas. Sei que aquela descarada tomou o que eu tinha de mais precioso no mundo que é você, que os beijos que me pertenciam agora pertencem àquela infeliz mas hei de me vingar dela na primeira oportunidade da forma que me for mais conveniente nem que para isto tenha que sacrificar a minha própria vida. É a primeira vez que me acontece na vida uma coisa assim, pela qual me sinto tão humilhada e que planejo um ajuste de contas. Afinal o que ela fez não poderá de modo algum ser perdoado por mim pois ela me tomou o que de mais precioso eu tinha neste mundo embora você nunca pensasse em ser meu, agora eu sei. Sei que você não se considera meu e que estou sendo uma intrometida querendo forçar as coisas. Mas você poderá me impedir que lhe ame? Não. Amarei quem eu quiser quer o amado queira ou não. Eu acho que oito meses e 15 dias é o bastante para se saber do amor de alguém. O meu amor por você embora longo e apesar das suas infidelidades continua e continuará firme, cada vez mais forte com a passagem do tempo. Sou muito persistente e teimosa por isto é que meu pai que morreu me chamava de cabeça de pedra e por isso é que não deixo de amar uma pessoa que significa tudo para mim. Tem um mês hoje que você não me escreve uma carta nem mesmo um bilhetinho de quatro linhas pelo menos para me dizer como vai de novo amor.*

*É um absurdo pensar que você trocou uma moça bastante honesta, que* ainda *não foi de ninguém, que tem seu corpo imaculado de mãos masculinas, por uma que já foi tocada por meio mundo!*

*Sua*

*Lúcia*

Alfenas, 17 de dezembro de 1942

*Meu Inesquecível Jorge*

*Não respondi aquela carta porque estava com a intenção de lhe telefonar na primeira oportunidade. Para falar a verdade eu estava com a intenção de ir aí ontem ou hoje, custasse o que custasse.*

*Não sei por que meti esta ideia na cabeça e estava resolvida a ir de qualquer maneira. Eu ia somente para lhe ver porque não aguentava mais o desejo de saber se o que pensei era verdade. Mas visto que você me disse que virá aqui no dia 23 de qualquer maneira, deixarei esta minha viagem para outra vez. Eu estava disposta a ir e ficar somente um dia. Perguntei a muita gente aqui se ia para o Rio, que era para me servir de companhia. Mas como não achei ninguém fui ao segundo distrito de polícia e tirei um certificado de identidade para poder viajar sem a preocupação de chegar aí e ter que voltar por falta de documento. O delegado me garantiu que eu estava segura com o certificado. Que eu poderia ir para onde quisesse. A ideia de ir ainda não se desfez por completo e continuo com esta intenção, a menos que eu tenha absoluta certeza de que você virá como prometeu.*

*Ando com um desejo ardente de lhe ver pessoalmente. Estou decidida a me entregar completamente a você, me entregar toda, e pouco me importa o que possa acontecer. O que sei é que não suportarei mais nem 15 dias sem lhe ver e se tal acontecer irei nem que seja para me sacrificar. Estou com muitas saudades de você. Às vezes quero pensar que tudo isto é mentira, que eu não posso gostar de você pelo fato de você não ser livre. Mas logo depois caio na realidade e vejo que não é mentira, porque eu lhe amo de verdade! Já namorei alguns rapazes e embora fossem simpáticos nunca de apaixonei por nenhum da maneira como me apaixonei por você.*

*E agora vou terminar porque senão desmaio de saudades.*

Good bye my love. *Acredite sempre no meu amor que é sincero e imenso. Sua*

*Lúcia*

Alfenas, 8 de abril de 1943

*Meu Adorado Jorge*

*Mais uma vez faço-te lembrar que mesmo longe de ti não me sais do pensamento. Jorge, fiquei muito satisfeita em ter ouvido a tua voz por uns instantes, muito embora só pelo telefone. E o que mais me alegrou foi a notícia que me destes de que breve estarias aqui. Querido! Será que vais voltar mesmo?... Creio que não pretendeu me enganar não é mesmo? Porque se fizeres isto estarás enganando a quem te ama com toda a pureza, quanto uma alma inocente possa ter.*

*Jorge, ontem quando dissestes que terias que ficar mais dez dias aí, as flores da minha esperança murcharam para hoje se entreabrirem de novo com a agradável notícia de que virás breve.*

*Querido! Mais uma vez te lembro que as saudades são muitas. Sim, meu amor, muitas, muitas! Volte breve.*
*Tua para sempre*

*Lúcia*


Alfenas, 24 de abril de 1943

*Querido Jorge*

*Em primeiro lugar peço desculpas pela mudança de tratamento. Mas assim é melhor. Querido: li a carta que você mandou para o dr. Ricardo e fiquei contente em saber que você virá breve. Digo um pouco contente porque você já me enganou tantas vezes que agora custa a acreditar que você vem. Mas esperarei nem que seja a vida inteira. Eu tenho passado mal estes dias por isto não sei se lhe poderei escrever sempre. Também você já deve estar farto de tantas cartas chorosas. Vou fazer o possível para não lhe mandar mais cartas assim. Quero escrever coisas sérias. Querido, não posso ir muito além porque estou me sentindo mal. Quero mandar esta carta agora. Desculpe-me a escrita, está horrível!*

*Aceite beijos de quem muito lhe ama*

*Lúcia*


*P.S.: A ingratidão é uma seta que fere cruelmente um coração que ama com toda sinceridade.*

Alfenas, 29 de abril de 1943

*Jorge*

 *Eu não lhe pergunto mais quando você vem porque não adianta, não é mesmo? Eu tenho é que ficar calada e esperar com paciência, não é?*
 *Meu amor, eu estive passando mal dias atrás mas já estou melhor. Mesmo assim não lhe deixei de escrever. Jorge, você deve estar colhendo impressões horríveis sobre as minhas cartas. Estou até envergonhada de tê-las escrito. Eu estou aflita para você vir para eu lhe dizer pessoalmente o que sinto. Não sei fazer cartas e sei que você está farto de declarações de amor mas quando se trata de você eu não sei falar de outra coisa senão de amor... Aliás hoje em dia é a Julieta que vai atrás do Romeu ajoelhar-se aos seus pés. Portanto você não tem nada que me criticar. Estou seguindo a moda. Qualquer dia baterei na porta de sua casa ou vou no seu emprego lá no jornal para lhe pedir inteirinho para mim. Digo inteirinho que só podem e se contentam com a mão. Mas eu quero você inteirinho para mim, da cabeça aos pés.*
 *Bem, vou acabar. Um beijo para você da*

*Lúcia*


 *P.S.: Jorge, eu queria lhe dizer na outra carta (não sei se você recebeu) que não reparasse por eu ter escrito além do alinhamento e errei dizendo: não repare por eu ter escrito além da linha. Isto está errado, não está?*

Alfenas, 22 de junho de 1943

Querido Jorge

*Esperei ouvir a sua voz no domingo mas não tive este prazer. Espero que você esteja bem de saúde e que nada tenha acontecido de anormal com você. Recebi a sua carta no dia 16 e me alegro por saber que você me quer, embora eu só lhe traga complicações e transtornos. Quanto à minha decisão continua a mesma de sempre. Eu não me importo com a maneira como vou viver aí. Só quero estar perto de você. Eu já lhe disse que nasci para viver a meu modo e quando estou decidida encaro tudo o que vier.*

*Se você puder me escrever um bilhetinho dizendo com está, ficarei muito agradecida. Quando recebo uma carta sua fico até impaciente de abrir o envelope. A minha mão treme muito quando escreve, por isto a minha letra sai assim tão desigual, mas isto só acontece quando escrevo para você, pois minhas amigas até dizem que tenho uma caligrafia bem boazinha e caprichada.*

*Estou ansiosa por um beijo seu bem demorado e bem molhado. E por todas aquelas coisas que a gente costuma fazer de noite lá no parque... Quando penso em estar perto de você sinto até um arrepio percorrer meu corpo. Venha me buscar, meu querido, venha logo.*

*Aceite milhões de beijos da sua*

*Lúcia*

Alfenas, 30 de setembro de 1943

Meu Querido Jorge

*Afinal, você vem ou não vem? Já tem uns quatro meses que eu não vejo você e estou ansiosa para você chegar. Quero lhe contar tudo o que aconteceu comigo.*

*Não digo por carta porque não quero deixar de lhe dizer tudo, tudo mesmo embora depois eu vá me arrepender. Não quero que você faça mau juízo de mim porque nada me aconteceu de irremediável nem de imoral, pelo menos é o que penso. No caso que vou contar eu soube me comportar muito bem mas acho que você não vai acreditar. Só quero que você saiba porque é a verdade que só me entregarei a um homem por amor, e você sabe que a você já podia entregar tudo o que até o momento podia entregar, e tudo por amor, só não entreguei* aquilo *porque você não pediu como deve ser pedido. À força ninguém conseguirá nada de mim. Você sabe muito bem está cansado de saber que eu pretendo um dia ser* inteiramente *sua, der no que der, e não vá pensar que estou pedindo para você se casar comigo. Se eu não for inteiramente sua não serei de mais ninguém, nem de um príncipe dono de um reino e de todo o ouro do mundo, porque eu nunca me apaixonei assim por ninguém. Se você, depois de tudo, me deixar é porque você não tem coração ou seu coração já é de outra.*

*Mas agora quero contar o que de fato aconteceu comigo aí no Rio. Se eu não lhe amasse loucamente eu não teria me arriscado a ir ao Rio, como fiz, na companhia de um homem que tem idade de ser meu pai e que é quase um desconhecido para mim. Mas é que eu estava desesperada. No dia em que combinamos nos ver aí no* hall *do cinema e quando lhe vi no Metrô nem sei como não me contive, porque tive ímpetos de correr ao seu encontro e desabafar tudo. Parecia que meu coração queria pular fora do peito. Nunca senti tanta emoção na minha vida, mal podia me aguentar nas pernas, o tal homem chegou a me perguntar se eu estava sentindo alguma coisa, se queria um copo dágua. Você ali tão bem perto e eu sem poder me aproximar por causa do tal homem a quem, volto a dizer, quase nada a não ser alguns agrados por parte dele que aceitei por puro fingimento. Mas somente ele poderia me levar ao Rio para ver você. Continuo uma mulher pura e esta pureza estou guardando toda para você. Não é um idiota e presunçoso que só porque me pagou uma passagem e dois dias de hotel que vai ter o meu corpo. Mesmo quando ele me agradava era como se eu nem sentisse pois meu pensamento estava todo em você. Sei que fiz uma loucura e que você não vai acreditar numa só palavra do que estou dizendo principalmente porque você é um rapaz muito vivido e conhece bem como é o mundo e as pessoas. Mas juro por Deus que continuo pura. Um dia você verá que estou dizendo a verdade, uma verdade que somente Deus e eu conhecemos.*

*Bem, vou acabar rogando de joelhos que me acredite sinceramente. Um beijo para você da sua, somente sua*

*Lúcia*

*P.S.: Hoje amanheci tão triste que até tive vontade de não sair da cama. Pensei mesmo em morrer.*

Alfenas, 15 de outubro de 1943

*Meu Adorado e Inesquecível Jorge*

*Estou envergonhadíssima com o que fiz. Foi mesmo uma loucura e só agora me dou conta da bobagem que fiz. Você talvez me julgue maluca porque cada dia lhe escrevo uma carta mais idiota do que a outra. Você sabe qual a razão disto é muito amor, não sabe? Eu ando até meio atordoada pelo que me aconteceu. Estou abobalhada de uma maneira tão completa que parece que cometi um crime pelo qual jamais serei perdoada por você. Não tenho recebido mais uma palavra sua de consolo, tenho que me contentar agora somente com a leitura de suas cartas antigas. Quando cheguei do Rio e você me telefonou eu estava tão pateta que já ia fazendo outra tolice igual à que fiz antes. Aqui em Alfenas tinha um casal que ia para o Rio e estava precisando de uma mocinha para ajudar a tomar conta da filhinha deles. Fui em casa deles mas eles queriam que eu ficasse um dia na casa para experiência, e eu afinal disse que não sabia cuidar de criança e desisti da ideia. Se eles me aceitassem sem ser preciso experiência eu iria de qualquer maneira e quando aí chegasse lhe procuraria e diria o que se passava. Se você não quisesse me aceitar eu procuraria um emprego qualquer, não sei qual, pois não sei fazer quase nada mas quem não sabe aprende, não é? Trabalharia e ficaria morando sozinha aí no Rio. Devo lhe dizer que ainda não tirei esta ideia da cabeça. Não perdi nem perderei as esperanças porque você neste mundo é tudo para mim. A minha vida, o meu amor, tudo o que é meu pertence exclusivamente a você. Eu não lhe mereço porque sou muito feia, e não adianta você ficar a dizer que sou muito bonitinha só para me agradar e me deixar mole. Também meu patrão que é homem muito sério, diga-se de passagem, vive também a dizer que sou bonitinha que só preciso me ajeitar mais um pouco e que nunca devo cortar meus cabelos, como está na moda. Mas eu sei que sou bem feiazinha e que não tenho preparo e que não passo de uma tola que vive a sonhar com o impossível. Mas apesar de saber tudo isso continuo a lhe amar loucamente e não me cansarei de dizer isto, repetir mil e mil vezes. Eu já nem posso olhar para o seu retrato sem derramar lágrimas. Eu sei que você não me quer porque além de tantos defeitos tenho o de ser impetuosa, uma imprudente, porque não sei refletir antes de fazer uma tolice. Eu tenho até vergonha de lhe escrever e dizer frases românticas. Até para a Maria Teresa, aquela da revista O Cruzeiro, tenho escrito pedindo conselhos sobre esse amor tão infeliz como é o meu. Não disse a ela que você é comprometido, mas vou dizer daqui a alguns dias quando escrever novamente com outro pseudônimo. Todas as respostas que ela me der mandarei para você ver o que ela pensa disso tudo. Já mandei para ela ontem uma carta com o pseudônimo de Margery.*

*Jorge, você se lembra de como eu era há oito meses atrás? Claro que se lembra, por isso sabe que continuo a mesma na simplicidade, na humildade, em tudo. Só estou é muito mais feia do que era, mais magra, talvez porque não tenha comido mais direito além de dormir pouco. Não sou mais a mesma. Mas vou tentar ser novamente como era antigamente para ver se você volta a me querer e não pensar mais mal de mim. Voltei a usar os vestidos de* voile, *sapato simples de salto bem baixo e aquela florzinha que sempre usei no cabelo e de que você gostava tanto pelo menos era o que sempre me dizia. Eu quero que você me veja sem pintura para saber como eu sou feia na realidade pois não quero de forma alguma enganar você me embonecando toda. (O papel não vai dar outra vez, não é?)*

*Feche os olhos, pense em mim, pense naqueles nossos encontros no parque e recebe um beijo bem demorado, bem molhado da sua*

*Lúcia*

Alfenas, 27 de janeiro de 1944

*Meu Querido Jorge*

*Desejo muitas felicidades para você e os seus. Apesar de saber que não estou mais incluída no rol de suas amadas teimo em lhe consultar e escrever sobre os meus planos. Sempre lhe escrevo dizendo que vou para aí mas sempre acabo não indo. Pois agora estou resolvida. RESOLVIDA. Se você não vier até o dia 1º do mês que entra irei para aí custe o que custar. Não vacilarei mais pois não aguento mais levar a vida que estou levando, sem rumo, sem futuro, murchando nesta porqueira de cidade e nesta porqueira de vida. Ainda não fui porque estava com vergonha de ir de qualquer jeito, sem roupas etc. Mas tudo isto já estou resolvendo. Vendi uns cacarecos que tinha, comprei dois vestidos novos e as poucas amigas que tenho aqui estão me ajudando. De uma ganhei um par novo de sapatos de outra ganhei uma blusa que está um pouco folgada mas é porque emagreci uns quatro quilos, e meu patrão, que já sabe da minha decisão, me prometeu pagar o ordenado inteiro de fevereiro, prometeu também pagar a minha passagem de ônibus daqui para Belo Horizonte. Só fica faltando o dinheiro da passagem de Belo Horizonte para o Rio mas estou certa de que um tio que tenho em Belo Horizonte e que gosta muito de mim irá me ajudar. Hoje mesmo vou escrever para ele.*

*O meu desespero não tem mais limites. Você ainda não sabe como sou de verdade, como é o meu temperamento. Sou uma dessas pessoas que quando chegam a uma idade a que acabo de chegar não suportam esperar mais pelo futuro principalmente quando se ama loucamente como é o meu caso. Sou muito ardente, dominada pelos sentidos por isso é que não aguento mais esperar. Você está me fazendo sofrer muito, me fazendo esperar meses e meses por um momento que tanto desejo! Sei que você não acredita mais em mim mas tenho fé em Deus Todo-Poderoso que chegará um dia em que vou lhe provar com o corpo e a alma tudo o que lhe tenho dito. Ultimamente tenho andado muito nervosa. (Peço desculpas por continuar esta a lápis, mas você não vai reparar, não é?) No dia que eu for telegrafarei para você. Por isso lhe peço que se estiver com qualquer viagem marcada me previna logo. Creio que sua indiferença não chegará ao ponto de me deixar sozinha aí na estação ou pior numa cidade onde não conheço ninguém e levando apenas pouca roupa e pouco dinheiro. Seria uma desgraça, eu não saberia o que fazer talvez até me atirasse no trilho de um trem. Não sei mais se você está vivo ou se está morto tal o seu silêncio. Há um mês e 13 dias que não sou digna de uma palavra sua pelo menos para me perguntar como fui de Natal e Ano-Novo. Pois bem lhe digo, nem do quarto saí embora a presença da minha mãe, dos meus irmãos e principalmente do meu padrasto me irritem profundamente. Aqui em casa ninguém gosta de mim, eu sinto, meu padrasto o debochado nem falar, pois no ano passado quando eu estava sozinha em casa ele pretendeu fazer umas gracinhas comigo e gritei e xinguei ele tão alto que a vizinha veio ver o que era. Depois ele quis me dar dinheiro para eu não contar nada à minha mãe mas joguei o dinheiro na cara dele e só não contei tudo à minha mãe porque a casa ia virar um inferno maior do que já é.*

    *Se passei 18 dias sem lhe escrever foi só de pura raiva e também de desalento. Mas tudo isto passou e agora como disse estou decidida. Nada mais me impedirá. NADA. Esqueci de dizer que em Belo Horizonte vou passar somente uma noite na casa de uma amiga que meses atrás se mudou daqui para lá. O ônibus diário de Alfenas sai bem cedo e chega em Belo Horizonte no fim da tarde, dizem que a estrada é uma desgraceira só, cheia de buraco. Passo a noite na casa da amiga de que falei, manhã bem cedo vou procurar meu tio (já telefonei para ele explicando tudo embora mentindo, pois lhe disse que havia arranjado um bom emprego no Rio) já estou tomando o trem diurno que vai para o Rio, devendo chegar aí já bem noite. Não adianta você me telefonar mais tentando adiar a minha decisão. NÃO ADIANTA. Já disse à minha mãe o que ia fazer e ela nem ligou. Acho até que ficou aliviada e me disse apenas isto: "você já é maior e deve saber o que vai fazer da sua vida". Que amor que ela tem por mim, você não acha? Quanto aos meus irmãos é como se não existissem. Lhe telegrafo de Belo Horizonte nos próximos dias. Agora vou me despedir porque estou quase cochilando, acho mesmo que sonhei porque parece que tive um sonho cheio de bobagens mas bobagens bem gostosas...*

*Mil beijos da sua*

*Lúcia*

*P.S.: Já ia esquecendo de dizer que na semana passada comprei aqui de um mascate desses que vendem de porta em porta uma camisola de dormir que é um encanto. É uma beleza toda transparente, bem decotada. Quando eu chegar aí e tomar um banho para tirar a fuligem do trem e ficar toda limpinha e cheirosinha com aquela água-de-colônia que você tanto gosta vou botar a camisola e você então verá que não sou o estrepe que você imagina. Você vai ver que tenho um corpo até que bem jeitoso. Só de pensar na hora em que você me irá ver assim praticamente nua me faz tremer toda. Imagino como será a nossa primeira noite. Não vou começar nada você é que tem de começar. Apenas tomo um bom banho, me lavo toda, ponho a água-de-colônia, visto a*

*camisola e me estiro na cama de olhos fechados. Você que faça o resto faça o que quiser, tudo, tudo mesmo.*
*Mais beijos e beijos da sua*
*Luciquinha (adoro quando você me chama assim).*


Telegrama de Alfenas, 5 de fevereiro de 1944
BELO HORIZONTE. SIGO AMANHÃ DIURNO POR AMOR DE DEUS NÃO DEIXE DE ME ESPERAR NA ESTAÇÃO BEIJOS SAUDADES LÚCIA.


Rio de Janeiro, 7 de julho de 1963
"Remexer em papéis velhos dá nisso", pensou ele ao deparar com a fotografia descolorida que havia encontrado no envelope que imaginara perdido para sempre. Reencontrava-o agora, num momento vazio, prenhe somente de lembranças que julgara mortas. Não estavam, e na tarde quieta passaram a ganhar subitamente uma palpitação de folhas novas nascendo em galhos que antes já haviam florido uma infinidade de vezes.

Havia um envelope, não sabia onde, e de repente ali estava ele e dentro dele tudo o que havia restado daqueles curtos meses, tão sem sentido. As cartas dela eram constantes, de humor vário, algumas trazendo nos cantos das folhas arrancadas de um caderno escolar desenhos ingênuos de passarinhos de asas sempre azuis e flores invariavelmente roxas. Algumas fotos (inclusive aquela, a mais nítida), programas de cinema, duas ou três contas de hotel, bilhetes apressados. No instantâneo ela tem a fisionomia séria, os cabelos longos e ondulados – e o fundo é um recanto arborizado, de lianas pendentes, no parque da pequena cidade onde costumavam encontrar-se no começo da noite. Maltratado, constantemente sombrio sob a copa das velhas mangueiras, friorento mesmo quando não era inverno, o parque os recebia complacente e cúmplice. E fora ali, num dos recantos mais escondidos, que ela de súbito lhe havia dito: "Você ainda não sabe como sou. Falo do meu corpo. Sou horrível, veja". E abriu a capa (era julho, de chuva rala), desabotoou a blusa e mostrou sem pudor o colo virgem de onde avançavam, desafiadores, dois túmidos seios em forma de cone.

    E lembra-se também daquela outra noite, naquele mesmo inverno (ou fora noutro?, frio e cinza; como dividi-los em compartimentos estanques?), quando ela viera ao seu encontro embrulhada num casaco pesado que lhe chegava à metade das pernas. Fechado dentro dele o pequeno corpo como que se anulava, a gola alta parecia engolir o pescoço fino. "Frio?" Ela disse que não. Ia acrescentar qualquer coisa mas calou-se – e a pequena ruga, que ele tanto conhecia, rasgou um corte de ansiedade na testa ampla. E ela parecia tremer de susto. Fora sempre essa a impressão que ela lhe dava: a de fragilidade, e também a de um pequeno animal confuso, aturdido, a lutar contra os ardis da floresta, e atrás do qual todos os caminhos iam se fechando, inexoravelmente.

    A última lembrança, a que ressuscitava da foto já esmaecida que mostrava os dois diante da fachada banal do hotel serrano, levou-o ao quarto avermelhado pelo sangue que vinha de um letreiro luminoso, defronte ao hotel barato. Ela disse: "Vim porque me deu uma coisa, tinha de vir." E ele respondeu: "Veio, acabou-se. Tudo se resolverá com o tempo."

    O tempo não seria muito longo, mas dentro dele iriam caber o rancor, a impaciência, por vezes o fastio, as disputas, os ciúmes, as fugas, até tudo terminar numa noite de paredes brancas que no hospital olhavam álgidas e indiferentes o sangue morno que não cessava de fluir, contínuo e espesso, de entre suas pernas. E o médico, muito jovem, que repetia "paciência, vou dar outra injeção, é preciso uma curetagem, garanto que daqui a alguns dias ela não terá mais nada".

E no dia seguinte ela morreria, não teria mais nada. (Volta agora a queimar na palma da mão, tantos anos depois, o hálito frio do seu último suspiro.) Mas aquele corpo estendido no mármore nu não era mais ela, mas somente um invólucro vazio (vazio dela), que a doença havia enchido com os seus gases podres.

Tudo fora resolvido com o tempo.

# NÃO FOI O QUE VOCÊ PEDIU?

O vento soprou na esquina e formou no meio da rua um redemoinho de folhas secas e papéis usados. Depois mudou de rumo e pôs-se a tanger a cortina branca, forçou-a, penetrou brincalhão na sala e sacudiu leve a árvore de Natal, que reagiu num ruído tilitante. Também chegaram lá de fora, trazidas pelo vento, vozes misturadas, o repicar de um sino distante, o grito afiado de uma seriema no parque, o frear violento de um carro. E nem era bem vento, apenas uma lufada morna e apressada, que logo iria se perder no parque defronte, depois de mexer com os eucaliptos, as mangueiras e a copa alta das palmeiras.

Maria das Dores ainda chegou à janela para ver se era prenúncio de chuva. Não era. O sol brilhava com todos os seus raios, banhando tudo com uma luz direta que feria os olhos. Na construção defronte, o suor pingava copioso do torso nu dos pedreiros, que agora mais pareciam vestidos em armaduras de aço brilhante. O céu estava limpo, sem uma só nuvem.

Maria das Dores fechou a janela, aproximou-se da árvore. Teria esquecido alguma coisa? Havia gasto todo o papel prateado, pendurara nos galhos do pequeno pinheiro todas as bolas coloridas, todos os enfeites. E a árvore – pensou – agora estava uma beleza, linda mesmo, nada a dever à que vira na casa da irmã, quase igual àquela do filme. A sala é que não era tão grande quanto a do filme, mas podia fazê-la maior se afastasse o piano um pouquinho mais para a parede...

Experimentou empurrar o piano, no qual, menina de tranças, aprendera a tocar valsas e canções que ainda faziam parte do seu reduzido repertório. Forçou o corpo contra o piano; o esforço coloriu suas faces e um suor ralo cresceu na fronte. Desistiu. "Pesado demais. É trabalho para homem."

Deixou a sala, que fechou com cuidado, dando duas voltas na fechadura. No corredor, deparou com os dois filhos que a olharam, ansiosos. Ela passou pelos dois fingindo que não os tinha visto. Os meninos seguiram-na, Joãozinho perguntou:

– Já podemos ver, mãe?

Não, não podiam.

– Como vocês são aborrecidos! Já disse que não. Só quando seu pai chegar.

No final da tarde, já de banho tomado e vestido trocado (botou o novo, feito especialmente para aquele dia, para ela tão diferente, e não apenas por ser Natal), foi sentar-se na varanda, à espera do marido. O céu continuava com o mesmo azul invariável, intenso, mas já se notava no horizonte uma pequena franja púrpura. Trouxera o interminável tricô com que enchia seus momentos livres – que eram poucos. O pensamento vagava distante. De repente, um arrepio lhe correu pela espinha, as mãos tremeram, o novelo de fio de lã escorregou-lhe do regaço. "Estou ficando velha", pensou, Joãozinho já ia fazer dez anos, em fevereiro; e Inês logo estaria com nove. "Meu Deus, estou ficando velha."

Ergueu-se num gesto impulsivo, foi até o quarto, acendeu a luz e mirou-se demoradamente no espelho do armário. Mas o que o espelho mostrou não foi o retrato de uma velha, mas o de uma bela mulher dos seus trinta e poucos anos, ainda esbelta, fartos cabelos negros presos por um laço, quadris de curvas corretas, busto saliente e firme, olhos vivos encimados por sobrancelhas bem desenhadas. Os lábios eram carnudos, o pescoço comprido, as orelhas pequenas, delicadas, quase coladas à cabeça. "Não, não estou velha." Passou a mão pelo vestido, repuxou-o de um lado, empinou o busto, alargou um pouco o decote que lhe parecera – quando na costureira experimentou o vestido pela primeira vez – um tanto ousado. Sorriu – duas fileiras de dentes regulares, muito brancos. "Não, ainda não estou velha."

Retornou à varanda, retomou o tricô. Sentia-se imensamente feliz. Parou de tricotear, mergulhou numa cisma, talvez tivesse cochilado. Despertou, num sobressalto, quando Conceição voltou do parque com Joãozinho e Inês.

Nervosa, perguntou que horas já eram.

– Quase seis, dona Maria – a empregada parecia aflita. – A senhora sabe como são estes dois. Desde as cinco que eu vinha dizendo: vamos, está na hora do seu pai chegar e vocês ainda nem tomaram banho. E ainda têm que mudar de roupa.

Apreensivos, na expectativa da reprimenda, os meninos encaravam-na. Mas a reprimenda não veio. "Nunca me senti tão feliz", pensou Maria das Dores. Alisou a cabeça dos filhos, disse:

– Andem, andem. Vão tomar banho, mudar de roupa. Seu pai já deve estar chegando.

Outro arrepio, igualmente passageiro, mas parecendo uma cócega. "Será que Alfredo ainda me quer... ainda gosta de mim?" Refletiu, o olhar perdido no entrançado da trepadeira que crescia num dos ângulos da varanda. "Claro que me ama. Se não gostasse de mim, se não me quisesse, como é que podia me desejar tanto, quase todas as noites?"

Todas as noites – e sempre aqueles afagos demorados que só terminavam na posse ardente, de quem realmente quer. "Claro que me ama." Ela também o amava, mas a verdade é que na hora de fazerem amor era dele que sempre partia a iniciativa. E aquele prazer que ele tinha de ir desnudando-a aos poucos, bem devagar, e depois a sofreguidão com que se apoderava dos seus seios, os beijos que neles depositava, os mesmos para cada um, o roçar da língua nos mamilos já endurecidos, a fúria com que esmagava os lábios nos seus. "Claro que ele me ama. Me quer. Sei que ele me quer." E completou o pensamento falando alto:

– Afinal, sou uma mulher bonita. Todo mundo diz isso. E percebo como os homens me olham...

A voz da empregada vem da cozinha.

– A senhora disse alguma coisa, dona Maria?

– Não foi nada. É que dona Olga acaba de passar e me deu boa-tarde...

Foi novamente até o espelho do quarto, repuxou ainda mais o decote do vestido, o início dos seios se fez mais pronunciado. Apertou o cinto, para destacar ainda mais os quadris, ajeitou os cabelos, olhou-se de lado, suspendeu a barra do vestido, até os joelhos, estendeu uma das pernas. Tinha belas pernas torneadas e, acima dos joelhos, coxas poderosas. "Ah, só Deus sabe como adoro estes dois pernis!" – era assim que Alfredo costumava dizer nos momentos mais febris, e dizia alto, talvez fosse acordar as crianças que dormiam no quarto vizinho. "Fale baixo, Alfredo. As crianças..." E colocava docemente as mãos nos lábios do marido, e, rendida, preparava-se para a nova entrega, o corpo nu inteiramente à disposição dele, seu marido, seu homem. Observou também as nádegas, que continuavam como sempre foram desde que se conhecia como mulher: salientes, de uma saliência esférica bem composta, que se denunciava mesmo sob a camisola de dormir ou até mesmo por debaixo das saias folgadas que costumava usar durante o dia, quando estava em casa. Alegre consigo mesma, um lampejo de vaidade brilhando nos olhos, retornou à varanda. Mas, antes, ainda deu uma última olhadela no espelho, murmurando: "É pena que um corpo tão bonito daqui a alguns meses esteja deformado, de barriga estofada."

É que Maria das Dores – e somente ela sabia disso – ia ter mais um filho, o quarto. Houvera um terceiro, Ricardo, que tinha morrido aos cinco anos, de sarampo. Foram momentos difíceis. Meses e meses ela e Alfredo quase não se falavam. À noite, na cama, eram como dois desconhecidos, como se um estivesse pondo no outro a culpa pela morte do filho. Horas e horas de lágrimas, longos momentos de silêncio pesado, o coração dela todo encolhido, ela toda um só desânimo. E como se desleixara. Os cabelos caíam soltos, ao acordar vestia a primeira roupa que tirava do armário, falava com os outros filhos só o suficiente, vivia a atormentá-los com recriminações, zangas sem propósito, amedrontava-os com acessos de cólera que logo davam lugar a novas e prolongadas crises de choro. À noite, jantavam calados; notava que rugas novas iam surgindo no rosto de Alfredo.

Sua única distração era cuidar do pequeno jardim que havia começado a plantar, no quintal da casa, logo após a morte de Ricardo. Era lá que ficava a maior parte do dia, cuidando das samambaias, das begônias, dos crótons, do jasmineiro. Mas seu desvelo maior era para com as rosas vermelhas, amarelas e brancas, e também o jasmim-do-cabo (que à noite impregnava toda a casa com o seu perfume ao mesmo tempo penetrante e suave, mas igualmente um perfume triste, lembrando enterro), os crisântemos, as frágeis e miúdas cravinas e margaridas, a quaresmeira que não parava de crescer... Levava para lá o seu tricô e, sentada no banco de madeira, sob a larga copa da jaqueira de tronco rugoso, perdia-se em lembranças, em sonhos, fazia planos que sabia não poder realizá-los, improvisava mais uma vez a conversa, sempre adiada, que devia ter com Alfredo – não era possível que aquele pesadelo não fosse ter um fim. Afinal, ainda tinham os dois filhos para criar, e podiam ter mais outros quando quisessem. Decidiu-se, finalmente, mas Alfredo, ao escutá-la, retrucou seco, quase ácido: "Nada mais de filho. Vamos cuidar dos que temos e pronto." E virara-se de lado, enterrando impaciente a cabeça no travesseiro.

Mas não há pesadelo que não tenha fim. "Deus é grande." Aos poucos, o relacionamento entre os dois foi-se refazendo, o diálogo retornou, riram certa vez de qualquer coisa, voltaram a rir noutras ocasiões, e já trocavam novamente ideias, até que numa noite em que a chuva forte tamborilava no telhado a mão do marido começou a alisá-la por cima da camisa, a lhe apalpar os seios, as coxas, a alisar o seu sexo já entreaberto, a despi-la com gestos decididos, sôfregos. A posse ávida, uma, duas, três vezes, meu Deus, nunca sentira tanto prazer, os beijos não eram beijos, eram mordidas – e já passava da meia-noite quando os dois, exaustos e saciados, pegaram no sono, quase ao mesmo tempo, o dela (certamente também o dele) um sono profundo, vazio de sonhos. Quando acordou com a algaravia das crianças, percebeu que uma das mãos de

Alfredo ainda repousava sobre o seu ventre nu. Retirou-a bem devagar, ele nem sentiu. Deixou a cama com uma certeza: o pesadelo havia acabado, e acabado para sempre.

E agora aquele filho, mais de cinco anos após a morte de Ricardinho, seria o certo? Mas a vontade era dele, primeiro uma insinuação – "Os meninos já estão crescidos; até que um bebê seria bem-vindo, que é que você acha?" –, ou, em seguida, o apelo obsessivo:

– Quero mais um filho, Maria. Por que não?

Ela calava, ou limitava-se a dizer, num murmúrio:

– Não sei...

Ele se impacientava:

– Afinal, de que é que você tem medo?

– Não esqueça que já vou fazer 32 anos...

– E daí? Nunca vi você doente. E veja seu corpo; é corpo de velha?

Dava-lhe uma apalpada na nádega:

– Diga, isto é bumbum de velha?

Apertava um dos seios, ou os dois ao mesmo tempo:

– Isto é peito de velha?

Certa noite, imperativo, ele disse:

– Vamos acabar com essas precauções, tão enjoadas. Nada mais de cuidados.

(Preservativos, a ejaculação forte do marido derramando-se sobre o seu ventre, a mão experiente que manipulava o membro ereto e latejante para a consumação do gozo que se anunciava nos últimos segundos – como tudo aquilo deixava-a nervosa; e às vezes até insatisfeita.)

– Não se discute mais: vamos ter mais um filho:

E atirava-se sobre ela numa fúria decidida, faminta, o sêmen farto enchendo-a aos jorros – tudo como nas primeiras noites, doze anos atrás.

Somente há dias é que soubera com certeza que ia ter um filho. Como dizer a Alfredo? Era dezembro, logo

69

seria Natal; perguntava-se: pode haver presente de Natal melhor e mais caro que um filho? E adiou a anunciação. E o Natal havia chegado. Como daria a notícia? Ensimesmou-se; os pensamentos se atropelavam, o cenho franzido; às vezes esboçava um sorriso que mal roçava os lábios – até que um outro, mais aberto, deixou à mostra os dentes brancos. Já sabia o que iria fazer. E instintivamente alisou o ventre onde há dias já guardava para Alfredo o melhor presente de Natal que lhe poderia dar. E amanhã à noite, quando em volta da árvore iluminada os presentes começassem a ser distribuídos, e ele, intrigado e surpreso, lhe perguntasse: "E o meu?", ela apontaria para a própria barriga e diria, simplesmente:

– Está aqui dentro. Bem guardadinho.

Certamente, no primeiro instante, ele não iria compreender nada, e já estava vendo os olhos espantados do marido, a sua expressão confusa. E então ela teria para ele o seu melhor sorriso; e, em seguida, na voz mais acariciante, mais cúmplice, perguntaria:

– Não foi o que você pediu?

# MOÇAS

*Moça na praia*

Foi num verão escaldante, de sol absoluto – há quanto tempo, meu Deus! Ele jamais iria esquecer aquele verão. Antes de tudo porque ela não voltou no verão seguinte, como havia prometido. Nem voltaria nos seguintes – não voltaria nunca mais.

Era do interior, vinha à cidade grande pela primeira vez, e queria ver o mar, que só conhecia de cinema, das revistas e de cartões-postais. Levou-a ao trecho mais distante da praia, onde as ondas rebentavam de encontro às pedras. Ela olhou na distância líquida, disse:

– Veja só. O mar é rouco. E não é azul.

Olhou mais, disse depois:

– Não é azul, é verde.

Perguntou se podiam ficar ali por mais algum tempo. "Claro. O tempo que você quiser."

Sentaram-se na areia, a água fingia vir até eles, indecisa e preguiçosa, acabava recuando (era maré vazante), deixando na areia uma esgarçada fímbria de espuma amarelada. O sol infiltrava-se através da blusa, revelando o sutiã que guardava os seios fortes e jovens. Contou que a mãe lhe dizia ser o mar – que conhecera por alguns momentos, na infância – plano e azul. E mudo. Mudo como um lago azul.

— Não é. Agora eu sei. É verde e é rouco.
Estava comovida – ou decepcionada? Ia chorar, disse:
— Por quê?
— Bobagem. Sou assim mesmo. Choro à toa. Principalmente quando vejo uma coisa que nunca vi. Me dá logo vontade de chorar.

O sol riscou dois pequenos rios de prata por onde as lágrimas desceram, e era infantil o seu gesto de limpar os olhos úmidos com as costas da mão. Tinha os cabelos negros, compridos, soltos sobre os ombros, e as mãos magras (de veias azuis que se revelavam sob a transparência da pele) neles se perdiam quando ela procurava refazer o penteado sumário que o vento havia desfeito.

Quando o sol foi morrendo e a água verde se fez cinza, viu que os olhos dela se enchiam de uma tristeza mansa, quase fluida. Talvez fosse chorar novamente, porque agora o mar não estava mais verde, mas cinza e feio.

Saíram caminhando pela praia, ela tirou as sandálias e ao pisar na areia molhada começou a rir e perguntou se podia correr, correr, até cansar.

— Corra. A praia é toda sua.

De longe, viu quando ela estirou-se na areia, os braços estendidos ao longo do corpo. E quando deitou-se ao seu lado sentiu o corpo dela tremer e escapar de sua boca entreaberta como que um marulhar, como se ela estivesse tentando imitar o embalo das ondas. O suor havia posto pequenas escamas prateadas na testa larga, e além dos seios ofegantes ele divisava, no fim da praia, a massa das rochas; e lá na frente, no meio do mar, a torre branca do farol.

Ela voltou-se mais uma vez para o mar, mas lá adiante era agora apenas a escuridão, que se ia chocar de encontro ao sangue velho do sol agonizante. Perguntou se o mar era sempre assim, verde ou cinza, ele respondeu

que podia ser também azul, quase sempre era azul; e também amarelo, e vermelho, podia ser de todas as cores. Ela disse que só gostaria de vê-lo azul, calado e azul, como um lago azul – o mar de sua mãe.
– Será que amanhã ele está azul?
– É possível. Melhor, quase certo.
– E eu posso voltar para ver ele assim, todo azul?
– Claro.
– Mas tem de ser amanhã, porque depois de amanhã bem cedo eu volto para casa.

Ele prometeu que amanhã o mar estaria azul, e que ela o veria assim, todo azul. E calado, apenas ofegante, "pois, você sabe, o mar também respira".

Ela levantou-se, limpou a areia da saia, segurou a sua mão.
– Vamos? Amanhã a gente volta.
Ele voltaria mil vezes. Ela nunca mais.

## Moça ao telefone

O telefone chamou:
– Alô – atendeu.
– Você vai ficar espantado. Nem sei mesmo se ainda se lembra de mim. É a Maria...

Haviam-se amado com violência, um amor difícil, exaltado, longa tempestade que durara três anos. Lágrimas, ameaças, destemperos, biliosas crises de ciúme, o travo das noites vazias que repentinamente se povoavam de suspeitas e dúvidas; e a chuva molhando o cimento, e ele encharcado sob a marquise, à sua espera; e os dois muito juntos na penumbra do quarto do pequeno apartamento conjugado, enquanto lá fora (como ainda palpita e dói aquele agosto de tantos presságios e perigos) o mar espumejava e a lua era um círculo baço e sem contornos;

a maresia das madrugadas, viva como um peixe; e as fugas para a ilha, os dois esquecidos, ausentes de tudo e de todos; e os amigos que os procuravam aflitos; os rompimentos ferozes, as cartas que pareciam sangrar, e o ódio aceso que tantas vezes um tinha do outro, e o desejo (dele) que ela morresse, e a vontade (dela) que ele morresse; e no fim a rendição mútua, ao mesmo tempo, um exagero de carícias – como a manhã que sobe das trevas e tudo apascenta com a sua ingênua tranquilidade e indiferença.

Como poderia esquecer? Assim tinham vivido durante três longos anos (ou foi mais? não teriam sido três séculos?), imensamente felizes e amargamente desgraçados, mas o coração sempre aos pulos, atormentado pelo medo da perda que ia matar um deles, que ia matar os dois. Como esquecer?

Perderam-se depois, mas não morreram. As feridas, que pareciam letais, acabaram cicatrizando e uma vaga maior subiu do tempo, e afogou aquele campo de luta que o ódio e o amor haviam resolvido com fúria para o plantio da raiva e da ternura de cada dia.

Ela agora telefonava, tanto tempo depois, mas era só para pedir uma informação trivial e porque não se lembrava de outra pessoa a quem pudesse recorrer.

– Eu também li a notícia. Mas não foi ele quem morreu, foi outro com o mesmo nome dele. Também me assustei.

– Antes assim. Eu estava triste.

– Pois é... Mas me diga, por que nunca mais deu notícias?

– O desaparecido foi você.

– É a vida. Você sabe, principalmente a minha, sem pouso nem hora.

– Eu sei. Muito trabalho, viajando daqui para li, como sempre, não é?

— A mesma coisa. Vou morrer assim.
— Você vai morrer dormindo num avião. Ou bêbado. E de amores, como vamos?
— Em disponibilidade. Só trivial, para os gastos. E você?
— Parei.
— Não acredito.
— Parei mesmo. Agora sou apenas uma mulher de prendas domésticas que cuida da casa e de uma filha adolescente.
— E o Carlos?
— Morto e enterrado. Pelo menos no que me diz respeito.
— E o Jaime?
— Enterradíssimo. Mas diga: como vão as crises de melancolia, lembra-se?
— Nem para isso tenho mais tempo. Nem disposição. E o "diário", ainda tem?
— Não brinca! Você acha que sou colecionadora de fantasmas?

Houve uma ligeira pausa, sentiu o respirar dele do outro lado do fio. Depois ele disse:
— Éramos dois patetas. Não era assim que o Samuel nos chamava?
— Dois alucinados e complicados patetões.
— Mas no fundo acho que foi bom. Pelo menos eu recordo aquilo tudo, talvez nem tanto, mas quase tudo, como uma coisa boa. E você?
— Sei lá. Talvez tenha sido, nalguns momentos. Foi, concordo. Mas era briga demais. – Pausa. – Um dia destes estava me lembrando, não sei por que, daquele banho à noite, lá na ilha, os dois nus em pelo. Lembra-se?
— Que pergunta boba. É evidente que me lembro. E gosto de lembrar. – Pausa. – É, você tem razão, éramos

dois doidos. Um maluco apaixonado por uma doida varrida.
— Dois patetas. — Pausa. — Bem, mas agora preciso desligar que Norma... você sabe que ela já fez dezoito anos? O tempo é fogo!... está lá dentro gritando por qualquer coisa. Adeus, patetão.
— Adeus, patetona.

## Moça na chuva

O diretor social do clube olhou o céu, consultou o relógio de pulso e disse:
— Está quase na hora. Uns quinze minutos. Mas ainda dá tempo para outra cervejinha.
Também olhei o céu. O azul limpo, puro, transparente, continuava intacto, sem qualquer sinal de chuva próxima, muito menos imediata. Disse isso ao diretor social. Ele riu:
— Não se iluda. Você vai ver.
Estávamos sentados em torno de uma mesa, no galpão do clube ainda em construção, às margens de um igarapé, na periferia de Manaus. A manhã ardia, e inutilmente o consagrado poeta local, que já devia estar acostumado com aquela sauna diária, enxugava com paciência o suor que lhe descia da testa.
Ao lado, o igarapé era como um riacho de águas claras a correrem mansas por entre os seixos e as enroscadas raízes das gigantescas árvores que se levantavam no outro lado, como uma intransponível muralha de desproporcionais troncos e copas.
Apontei para as árvores:
— Algumas devem ter mais de duzentos anos. Ou de quinhentos.
O diretor social corrigiu:

— Ou apenas dez. Aqui tudo nasce e cresce muito depressa.

O poeta acrescentou:

— Formação de um mundo retardado. Daí a pressa em viver.

Medonho, o calor. Pesava na cabeça, formigava nas pernas, e o suor era viscoso, como um óleo.

O diretor social apontou para o alto, acima das árvores:

— Vejam. Lá vem ela: e como vem!

E voltando-se para trás:

— Corre, Maria. Está na hora.

O suor havia colado a blusa no corpo da mulher, o pano úmido grudava em seu corpo, fazia quase nítidos os seios pequenos. A fisionomia abatida, de quem sufocava, a mulher sentou-se pesadamente na cadeira, passou a toalha molhada no rosto, disse:

— Tomara que caia logo. Este bochorno é um inferno, não há quem suporte. Dá vontade de morrer.

No céu, à direita, estendia-se, cada vez maior, uma nuvem escura que aos poucos ia devorando, gulosamente, pedaços inteiros de azul limpo. Logo estava sobre nós, e sentimos quando os primeiros pingos bateram com força no zinco, como marteladas. Depois, à nossa frente, fechou-se uma cortina de cinza que fez sumir as árvores na outra margem do igarapé. Era como se as mil sombras da floresta tivessem saltado para fora, à espera da tempestade. O igarapé tomou o aspecto alvacento de um charco, retesou-se por uns instantes numa espécie de remanso, mas quando a chuva caiu de vez o riacho a recebeu em cheio e começou a engordar com ela. Eu nunca tinha visto uma chuva assim. Era como se todas as chuvas do mundo inteiro estivessem desabando naquele instante em torno de nós.

— Chuva assim só em novela de Somerset Maugham — disse o poeta.

Poucos minutos depois, o igarapé estava empanzinado. Inchara além da sua capacidade, já havia devorado a marca antiga da cheia do dia anterior, forçava agora o pequeno muro de pedra que haviam levantado diante do galpão, como um dique protetor. A chuva tinha roncos, estremeços, rugidos de fera com raiva, e o barulho que fazia nos obrigava a falar aos gritos. O poeta dizia coisas que ninguém entendia, o diretor social apontava para as árvores, abrindo e fechando a boca como numa agitada sequência de cinema mudo.

Somente a bela moça, derreada na cadeira, olhava em frente, onde a barreira de água escondia dos seus olhos apagados e distantes o mundo verde que havia desaparecido, afogado na chuva.

E assim foi durante uns quinze, vinte minutos, ao fim dos quais o diretor social consultou mais uma vez o relógio e informou, categórico:

– Vinte minutos. Agora vai parar.

As pancadas, lá em cima, no zinco, fizeram-se repentinamente leves, o cinza espesso foi aos poucos se esgarçando, e já podíamos distinguir, por entre as manchas escuras das nuvens, o azul de minutos antes – puro, claro, transparente e, já agora, mais lavado e mais azul. As sombras se recolheram, as árvores voltaram a se perfilar, o igarapé tornou a correr manso, e sobre tudo e todos, depois de expulsar a última nuvem pejada, o sol voltou a estender o seu trêmulo manto de prata recém-fundida.

A moça fez um gesto nervoso, como se estivesse acordando, olhou em torno:

– Até que enfim, meu Deus – disse.

E disse mais, como se falasse consigo mesma.

– Tanta água... Um desperdício...

Ao que o poeta, cada vez mais fluente, rematou:

– Deus às vezes é muito exagerado.

A moça levantou-se, enxugou os cabelos com a toalha (uma goteira no zinco fazia com que a água pingasse em sua cabeça), disse:

– Vocês querem mais cerveja? Depois vou tirar esta roupa molhada.

Momentos depois veio juntar-se novamente ao nosso grupo. Vestia agora um *short* que lhe apertava as coxas elásticas, uma blusa decotada e colorida, havia penteado os cabelos de forma a deixar a nuca descoberta e em seus olhos um brilho intenso e inquieto sucedera à enfastiada névoa de minutos atrás.

Como antes da tormenta, ela voltara a ser para todos nós o que havia de mais importante ali na margem do igarapé, na fímbria da floresta, a poucos quilômetros de Manaus. E ela sabia disso. Beijou o marido na face, teve para cada um de nós um sorriso e um gesto, cantou baixo qualquer coisa, perguntou se não queríamos ouvir um pouco de música. O poeta respondeu que queria música, mas um uísque também. E a todos ela serviu, com o seu riso de dentes alvos e fortes, num tremer de seda, e seus gestos tinham a graça de uma dança, e ela era outra vez a dona do sol e das árvores; e ninguém – ninguém mesmo, nem o Senhor dos céus e das chuvas – lhe roubaria mais sequer alguns segundos daquele dia que dali em diante seria todo seu.

## *Moça diante da lareira*

Saiu meio triste da missa pela alma do amigo morto, com necessidade de ficar sozinho. No Rio seria impossível, de maneira que tomou o ônibus e foi para Petrópolis, onde o dia deveria ainda estar mais triste e cinzento do que ele.

Estava. Logo no começo da serra, a neblina envolveu a todos no seu abraço frio e fosco, tudo anulando em volta; montanhas e precipícios, céu e floresta. Vagarosamente, como se pisasse pela primeira vez um chão lunar, o ônibus forçava o caminho, rompendo sem dificuldade a seda podre do nevoeiro. Mas o "ruço", que naquela quadra do ano só costuma acontecer no mais alto da serra, chegava até o centro da cidade, onde de nuvens muito baixas caía uma chuva rala, de alfinetes gelados.

Não imaginou que estivesse tão frio lá em cima, e como não levara suéter, entrou no primeiro bar e engoliu às pressas dois cálices de conhaque espanhol. E assim protegido, deu início ao que se propusera quando entrou no ônibus: andar sozinho (ou consigo mesmo) por aquelas úmidas e leitosas ruas de Petrópolis, não as centrais, mas as pequenas e enviesadas ruazinhas que fogem, como amedrontadas cobras, do barulho e das pessoas, e lá vão, sinuosas, montanhas acima, até esbarrarem na encosta de um monte intransponível ou na imemorial carranca de um muro limoso.

Mas logo deu-se conta, mal começara a caminhada, que já não estava só: num indisciplinado fluir, mil lembranças começaram a caminhar a seu lado, e uma o puxava pelo braço, e outra lhe dizia qualquer coisa ao ouvido, enquanto uma terceira, apontando para um bangalô rosa-branco, graciosamente equilibrado na neblina, perguntava-lhe:

— Lembra-se?

Respondeu que se lembrava.

— Dez, doze anos atrás, creio.

— Exato. Doze anos...

Doze anos atrás... Princípio da noite, na salinha acolhedora do hotel quase vazio, a lareira crepitava em chamas cônicas; súbito, aconchegado pelo calor e amolecido pela bebida forte, viu que se as chamas eram belas, mais belos eram os seus reflexos nos cabelos de Laura, de um cobre polido; e imaginou que o calor que reinava ali na sala vinha não da lareira crepitante, mas daqueles cabelos incendiados, dos quais caíam sobre a fonte larga e muito alva pequenas labaredas inquietas, que ela, a dona dos cabelos, vez por outra tangia, sem medo de se queimar.

E lembrou também que durante um longo tempo Laura esqueceu o copo bojudo sobre a mesa e pôs-se, ensimesmada, a dialogar com as chamas da lareira; e viu, então, que para ela o tempo havia recuado, e que aquele não era mais o espaço que ela então ocupava, na poltrona larga; e – o que o encheu de uma amarga tristeza (amarga e humilhante) – compreendeu que naquele momento ele simplesmente deixara de existir para ela, que jamais existira.

Bebeu um gole do conhaque, depois bebeu mais um, porque tudo lhe doía por dentro; ou melhor, tudo o queimava, como se estivesse sendo duplamente incinerado pelas chamas da lareira e pelo ardente cobre dos cabelos de Laura, em cujas brasas o seu ciúme passeava estupidamente sua fúria, sua humilhação, todas as dores e danações, todas.

Tomou o ônibus de volta, essas e outras lembranças tentaram descer com ele a serra, mas as repeliu, num safanão. Que ficassem onde deviam ficar – quando quisesse as procuraria. Porque uma coisa ele já aprendera, e para sempre: nada de rendição e cordura para com os fantasmas. É escorraçá-los, sem pena. Tratá-los sem piedade, exatamente como eles, os velhacos, fazem conosco.

*Moça e morte*

"Remexer em papéis velhos dá nisso", pensou ele ao deparar com a fotografia descolorida que encontrara, entre tantas outras, no envelope que imaginara perdido para sempre. Reencontrava-o agora, num momento vazio, prenhe de lembranças que julgara mortas. Não estavam, e na tarde quieta ganharam subitamente uma palpitação de folhas novas nascendo de galhos que antes já haviam florido uma infinidade de vezes.

Havia um envelope, não sabia onde, procurava – e de repente ali estava ele, o que restara daqueles cinco anos. As cartas eram constantes, de humor vário, trazendo nos cantos desenhos ingênuos, de passarinhos azuis e flôres roxas. Algumas fotos (inclusive aquela, a mais nítida), programas de cinema, bilhetes apressados. No instantâneo, ela tem a fisionomia muito séria, os cabelos corridos e o fundo é um recanto de lianas pendentes, no parque da pequena cidade, onde costumavam encontrar-se todas as noites. Maltratado, sempre sombrio sob a copa das velhas mangueiras, friorento mesmo quando não era inverno, o parque os acolhia complacente e deserto. E fora ali, num dos trechos mais escondidos, que ela de súbito lhe havia dito: "Você ainda não sabe como sou. Falo do meu corpo. Sou horrível. Veja." E abriu a capa (era julho, de chuva rala), desabotoou a blusa e mostrou sem pudor o colo virgem que avançava, desafiador.

E lembra-se também daquela outra noite, naquele mesmo inverno (ou fora noutro, frio e cinza?; como dividi-los em compartimentos estanques?), quando ela viera ao seu encontro embrulhada num casaco pesado e que lhe chegava à metade das pernas. Fechado dentro dele, o pequeno corpo como que se anulava, a gola alta parecia engolir o pescoço fino. "Frio?" Ela disse que não. Ia acrescentar qualquer coisa, mas calou-se – e a pequena ruga, que ele tanto conhecia, rasgou um corte de ansiedade entre as sobrancelhas. E ela parecia tremer de susto. Fora sempre essa a impressão que ela lhe dava: a de fragilidade e também a de um pequeno animal confuso, aturdido, a lutar contra os ardis da floresta, e atrás do qual todos os caminhos iam-se fechando, inexoravelmente.

A última lembrança (a que ressuscitava do cartão-postal que mostrava os dois diante da fachada banal do hotel serrano) levou-o ao quarto batido pela chuva de sangue que vinha de um letreiro luminoso, defronte. Ela disse: "Vim porque me deu uma coisa, tinha de vir." E ele respondeu: "Veio, acabou-se. Tudo se resolverá com o tempo."

O tempo não seria muito longo, mas dentro dele iriam caber o rancor, a impaciência, o fastio por vezes, as disputas, as fugas, até que tudo terminasse numa noite de paredes brancas que no hospital olhavam álgidas o sangue morno que o algodão não estancava. E o médico muito jovem que repetia "paciência, vou dar outra injeção, amanhã ela não terá mais nada".

E amanhã ela morreria, não teria mais nada. (Volta agora a queimar na palma da mão, tantos anos depois, o hálito frio do seu último suspiro.) Mas aquele corpo que se estendia no mármore nu não era mais ela, mas somente um invólucro vazio (vazio dela), que a doença havia enchido com os seus gases podres.

Tudo fora resolvido com o tempo.

# O PRANTO

Lá adiante, o rolo de fumaça negra se adensara muito e se fizera nuvem compacta, de forma indefinida. O horizonte, no fim da tarde, se havia tingido de um tom violento, como argila molhada; e o frio era cortante, sem vento, frio de resto de inverno – o feroz inverno que ainda se denunciava nos cabeços de neve ou na água gelada do rio que havíamos deixado atrás. O cansaço amolecia os nossos músculos, a poeira e o sono nos ardiam nos olhos. Mais alguns minutos, e a fumaceira cerrada chegava até nós, envolvendo-nos. Machado levava o jipe como podia, ta-teando sobre o caminho íngreme e escavado; o fumo lhe arrancava uma tosse convulsa e fechava completamente a pequena estrada esburacada pelo bombardeio recente.

Paramos o carro diante da tabuleta, letras brancas sobre um fundo negro, crivado de balas: Zocca.

– Passamos por aqui, na ida?

Não. Havíamos tomado outro caminho, ao sabor do acaso. O mapa minucioso, que nos tinham entregue no comando, jazia sem préstimo no fundo do jipe, indecifrável. Meu lápis sem prática riscara linhas ligando cidades e assinalando pontos de referência, mas tantas voltas havíamos dado, desde que nos desligáramos do batalhão, que ali estávamos, tontos, sem rumo, marinheiros de bússola quebrada.

– Veja se tem no mapa.

Acendo a lanterna, passeio o foco luminoso sobre a carta. Zocca. Lá estava, pouco abaixo de Castel d'Aiano – apenas um pontozinho negro perdido numa grimpa qualquer da cordilheira.

Voltamos a nos arrastar pela estrada. Há cavalos mortos nas margens do caminho, corpos estraçalhados pelas minas ou pelo tiroteio, e dos quais já sobe um irrespirável mau cheiro de carne putrefata. Coberta de moscas que se agrupam numa única mancha negra, as vísceras de um dos animais se derramam até a grama verde. Escuto a voz de Machado, que vem cava de detrás do lenço: "Vou morrer sufocado."

É quase noite: sombras se estendem através da sucessão infinita de montanhas, enchendo, mais compactas, os vales e os precipícios. Muito além, para lá das tranquilas águas do Panaro, o duelo de artilharia risca o céu de sulcos vermelhos; e chega até nós o eco soturno das baterias de maior calibre. O fogo devora furioso, num exagero de fumaça escura e grossa, o que resta do celeiro incendiado. Aqui e ali, sobre a grama calcinada, os montes de feno são como enormes seios morenos. O ar é pesado.

Conseguimos atravessar a parede de fumo e cinza, e lá, do outro lado, a pequena cidade nos recebe como uma velha enrolada em trapos. A primeira impressão é de que nenhuma casa, nada escapou do bombardeio. As platibandas e as paredes aluíram sobre as ruas estreitas; e tudo é um labirinto ainda crepitante, um emaranhado de vigas partidas, alvenaria derrubada, mil e um utensílios e móveis domésticos fechando os caminhos. Por qualquer capricho da sorte, um berço de criança ainda se equilibrava, lá em cima, na janela de uma casa que a artilharia pesada havia cortado pelo meio. Há uma gravura sacra, desbotada e triste, pendendo de um resto de parede interna. Aos tropeços, vamos levando o jipe através de todos aqueles destroços, até a pequena praça central que se debruça, de um dos lados, sobre o vale carregado de mistério e silêncio. Uma das torres da igreja recebeu ferimentos graves, que lhe arrancaram a fisionomia medieval, mas a outra escapou indene: algum dia, quando a paz voltar a crescer daquelas ruínas, é possível que o sino mudo torne a cantar, como nos seus melhores instantes.

Já é noite fechada e, em redor, apenas o silêncio, perturbado, de vez em quando, pelo crepitar da madeira ou pelo passar, altíssimo e rouco, de um avião de reconhecimento.

– Vamos continuar?
– Eu não aguento mais. E você?

Machado tira uma das luvas, passa a mão pelo rosto coberto de poeira.

– Estou rebentado...
– Acho melhor passarmos a noite aqui mesmo. Vamos procurar um lugar para estendermos as mantas. Encoste o jipe por aí.

Deixamos a viatura onde, outrora, fora um galpão, e começamos a busca – procura fastidiosa, a luz de nossas lanternas, inquieta e ansiosa, tateando os destroços. O frio aumentava, vinha das montanhas uma brisa gelada e sem força. No pequeno bosque dos lados, para onde se deitavam os fundos das casas em ruínas, as sombras noturnas haviam feito de cada pinheiro um fantasma enorme e de gestos lentos.

Uma bomba acertara em cheio na sala da frente daquilo que fora uma farmácia, mais tarde transformada pelo inimigo num posto de comando. Afastamos os frascos partidos, espalhados pelo cimento, removemos os estilhaços. (Um calendário, na parede, se imobilizara numa data já remota, um 20 de março sem dúvida alguma muito trágico para a pequena cidade.) Estendemos as mantas sobre o chão limpo e, para afugentar o frio, Machado armou uma pequena fogueira, alimentada com pedaços de madeira e caixas vazias. Estirado sobre as cobertas grossas, eu podia ver, através do teto rasgado, o céu sem estrelas. A ração militar, de sabor açucarado, é aquecida sobre o braseiro, e comemos os dois em silêncio. Momentos depois, Machado roncava forte sobre a manta, a boca semiaberta. Mas a cabeça me pesava e os olhos eram como duas chagas, inflamados pela poeira. Levanto-me, saio para a noite profunda que me cerca. Um projetor luminoso, muito distante, risca o céu escuro, num passeio vagabundo e silente. E é só. De vez em quando, o tiro abafado de um morteiro: ou o esfarelar de uma metralhadora – ruídos sincopados de uma guerra que está cada vez mais distante.

A água do cantil, excessivamente clorada, me deixa um sabor amargo na garganta. Quanto tempo ali fiquei, as mãos nos bolsos, a gola do casaco levantada, a olhar a treva vazia? Não sei. Era como se as horas escorressem imperceptíveis pela noite adentro, dissolvidas na quietude.

Mas, de repente, escutei um choro de criança, vindo não sabia de onde – um pranto estridente que quebrou o silêncio e encheu a noite inteira, o mundo inteiro, como se o pranto inesperado fosse a única coisa viva em toda aquela desolação. Relanceei os olhos em torno, mas não havia onde descansá-los: nem uma luz furtiva a indicar a presença de alguém, nada. Somente a escuridão; somente o choro se espraiando anônimo por todo o ermo e, por isso mesmo, impossível de ser localizado.

Sacudo Machado, fortemente. O soldado se levanta, estremunhado:

– Que é?
– Um menino chorando. Não sei onde. Escute.
Machado ainda demora um instante entre as mantas, mas ergue-se depois, num salto.
– Onde será?
– Não sei. Mas devemos ir ver.
Olho o relógio de pulso: já passa da meia-noite. Acendemos as lanternas, recomeçamos uma nova busca, cheia dos mesmos cuidados e das mesmas apreensões, a evitar que nossas botas se choquem com qualquer mina oculta ou desgarrada nos destroços. Mas aquela caminhada à procura de uma criança que chora como que nos dá uma sensação diferente e morna – a alegria, talvez, de saber não sermos os únicos seres vivos naquele deserto aqui e ali ainda fumegante. Alegria de saber, ainda, que alguém – fosse uma criança somente – resistira à selvagem tempestade que calcinara aquele chão e reduzira a escombros o pequeno *paese* que, nos tempos de paz, movimentava-se inquieto e vivo sobre a montanha, como um presépio mecânico.

Mas, de repente, o pranto cessa, como sufocado, e automaticamente também paramos os dois. O círculo de fogo da lanterna, cuja luz esmaece à proporção que a sacudo mais longe, arredonda-se de encontro às poucas paredes ainda de pé e vai se chocar, adiante, sobre uma inscrição que as circunstâncias tornaram praticamente ridícula: *Viva il Duce*. E um edital do *pedestà*, a propósito dos cuidados a serem tomados quando dos bombardeios aéreos, desafia o furor da batalha e lá continua, colado num pedaço de parede da *trattoria* que veio abaixo.

Recomeçamos a marcha, e o pranto também recomeça, mais próximo. Machado diz, sentencioso:
– É choro de menino doente. Doente ou com fome.
Proponho que se grite. Machado solta um "alô"

abaritonado, seguido de um acesso de tosse mais forte. Grito também – e por todo o vale o eco multiplica as nossas vozes, escala descendente que vai terminar num lamento quase inaudível. A resposta vem de perto, numa voz grossa e forte: *Stamo qui*. Ao mesmo tempo, um vulto escuro e alto surge diante, iluminado por uma lanterna, nos chamando com uma das mãos: *Avanti, Avanti!*

O homem se chamava Giacomo: era alto, rosto cavado de rugas, metido em andrajos, os pés enrolados num arremedo de sapatos – tiras de lã amarradas com barbantes. O pranto alto do menino não deixava entender toda a longa história que nos contava Giacomo, num derrame de gestos, mas ficamos sabendo que a batalha havia durado dois dias seguidos – um inferno. Horas antes, todos abandonaram a cidade, fugindo para a retaguarda, ao encontro dos *liberatori*, ou acompanhando os alemães na retirada. Haviam ficado sozinhos ele, Laura, a mulher, e a criança. Durante o mais aceso da refrega, fugiram para o bosque. Lá se esconderam, tiritando de frio, coração opresso, a sentir nos ouvidos o furor da batalha que parecia não acabar mais. Um soldado ferido que conseguiu se arrastar até o recesso da pequena floresta, onde se encontravam, morrera logo, a botar golfadas de sangue. Ele tirara do morto a túnica de lã e com ela agasalhara a criança. Comiam frutas silvestres, raízes tenras. Não acreditava que o menino doente e faminto pudesse resistir.

– Deus fez um milagre!

Mas como talvez eu fosse um incréu, emendou logo, numa voz repentinamente desdenhosa:

– Deus ou a sorte, sei lá.

Giacomo contava a sua história, cheio de gestos, enquanto aguardávamos a volta de Machado, que eu mandara apanhar provisões no jipe. Mas a mulher permanecia calada, os olhos pisados, fixos nos trapos onde o menino se mexia, inquieto, tossindo seco. Num dos cantos da sala em ruínas (uma bomba pesada cavara uma cratera nos fundos, e a casa se abria agora, como uma janela, para as profundezas do vale), um caldo escuro dormia, oleoso, numa vasilha sem forma. Vou até a criança, encosto a mão sobre a face escaldando: a febre era muito alta; e o esforço da tosse fizera dos pequenos olhos negros duas feridas ardentes. Às vezes Giacomo levava as mãos à cabeça, perdia os dedos grossos entre os cabelos maltratados, num começo de desespero: "Que se pode fazer? Guerra maldita!" Distante, sem qualquer expressão no rosto cavado e pálido, a mulher nada dizia. O vestido negro escorria pelo seu corpo magro, como um hábito talar; o peito é batido, os lábios sem cor e os cabelos se soltavam, num desalinho. Os desastres dos últimos dias lhe deviam ter adormecido todas as emoções, e os maltratados sentidos de Laura naturalmente se voltavam, naquele instante, apenas para o pequeno e febril corpo, um fiapo de vida.

Esquento o leite condensado que Machado havia trazido, e Giacomo recebe de olhos gulosos para os chocolates, biscoitos, manteiga de amendoim, algumas caixas de ração sintética. Explico que o pó amarelo, no pequeno pacote de papel celofane, tem de ser dissolvido em água quente para logo se transformar numa sopa de bom sabor. Giacomo aviva as chamas do fogo, ensimesma-se no trabalho de preparar o caldo amarelo. Enche a mamadeira, que Laura improvisou de uma garrafa bojuda, e segundos depois a criança morde, sôfrega, a borracha gasta, deixando escapar o leite grosso e açucarado pelo canto da boca.

Volta o silêncio, e demora. Giacomo mastiga furiosamente a barra de chocolate. Lá fora, do outro lado das montanhas, uma fosforescência estranha se alastra, como o halo de uma luz distante. Talvez seja a aurora. Encostamo-nos os dois, eu e Machado, num pedaço de muro negro e úmido. Giacomo nos traz uma garrafa e insiste que devemos beber com ele o *buono vino* da Toscana. A criança, diz-nos, adormeceu. E Laura sorve, calada e sem pressa, a sopa rala.

O vinho forte nos anima, afastando o sono que nos pesava sobre os olhos inflamados. Voltamos para as nossas mantas, na outra extremidade do *paese* destruído. O halo luminoso, na distância, havia-se feito mais nítido, com manchas purpurinas. Era a aurora.

# O HOMEM NA TORRE

Os bandidos já haviam se apoderado da Prefeitura e da cadeia, desarmado a guarda, e Godofredo ainda atirava da torre da igreja. As balas cortavam o silêncio de morte que envolvera a cidade e estalavam sonoras quando batiam, uma ou outra, na caldeira enferrujada que fora esquecida, há anos, sobre a grama. O chefe do bando indagou do prefeito, seu Hipólito, gordo e arfante, agora pálido e nervoso:

– Quem é aquele maluco?

– É Godofredo.

Volta Seca veio em passo de marcha, fez posição de sentido diante do chefe:

– Capitão, o senhor querendo vou buscar o infeliz.

O chefe não respondeu. Tinha um olho cego, usava óculos escuros e redondos, vinha dele um cheiro de brilhantina barata de mistura com suor. O torso estava atravessado de talabartes brilhantes, e havia uma couraça de medalhas sobre o peito. Sacudiu o chapéu de couro para trás e os cabelos longos, endurecidos pelo sol, ficaram imóveis, como numa escultura.

– Ele tem munição?

Seu Hipólito não sabia, não tinha visto Godofredo subir para a torre. Mas não devia ter muita.

Volta Seca insistiu:
— Posso dar conta do desgraçado, capitão?

O chefe enxugou o suor da testa. O bando tinha os olhos nele.

— Não vale a pena. Deixe o pinima se esgotar.

Levou seu Hipólito pelo braço, foram os dois para a sala dos fundos.

— Estejam preparados para dar o fora a qualquer momento. Vou tratar de negócios com o prefeito. Podem se espalhar pela cidade, mas cinco ficam aqui me guardando.

Seu Hipólito estava branco como cal. Abriu o pesado cofre da Prefeitura, uma montanha de ferro, remexeu nuns papéis. O chefe preveniu:

— Preciso somente de cinco contos, seu prefeito. Deixo um recibo.

O prefeito fez um gesto indeciso diante do chefe, soltou os papéis:

— Acho que não tem tanto, capitão...

— Tem que ter, prefeito. Senão a gente é obrigado a inteirar no comércio.

As balas do fuzil de Godofredo, como no fim de uma revolta, explodiam em intervalos longos. O chefe olhou a torre da igreja pela janela aberta, ao lado:

— Aquele camarada é doido?

Seu Hipólito voltou-se: dentro do cofre era uma confusão de papéis coloridos, vidros de tinta, livros pesados e negros, um crucifixo de metal no fundo.

— Godofredo sempre foi assim. É aleijado.

— Que é que ele faz aqui? É praça?

— Trabalha de advogado, mas nunca se formou. Fala muito bem.

De repente o vidro da claraboia, lá em cima, estalou num barulho de guizos. Os estilhaços caíram sobre a cabeça do chefe e sobre o cofre. O bandido deu um salto, puxou o revólver, escondeu-se atrás da janela semiaberta:

— Vou ver se acerto daqui.
Seu Hipólito estava sem ação.
O capitão demorou na pontaria, atirou. Na torre, o vulto de Godofredo, rápido, abaixou-se. A resposta veio depois: a bala entrou pela janela, incrustou-se no cofre, no lugar da fechadura. O chefe caiu de bruços.
— Miserável!
Seu Hipólito, uma raiva cega de Godofredo ("Ele só faz é complicar a situação"), ficou olhando o bandido estirado no chão.
O capitão levantou-se, as medalhas tilintaram.
— Vamos logo acabar nosso negócio, intendente. Aquele desgraçado acaba fazendo uma besteira.
Seu Hipólito remexeu no cofre novamente, durante alguns segundos. Demorava, como se esperasse um milagre. Voltou com um maço de notas.
— Aqui só tem três, capitão. Tenho que passar em casa para inteirar do meu.
O chefe jogou o dinheiro no bornal de couro.
— Por que não toma no comércio, intendente?
— É a mesma coisa, capitão. Dou do meu. Prefiro que o senhor não mexa no comércio. Os negócios aqui estão muito ruins. Por causa da seca, o senhor sabe.
Um cabra entrou correndo na sala, o chapéu na mão:
— Capitão, com sua licença.
— Que foi?
— O maluco da igreja acertou no pé de Arvoredo. Arrancou um dedo, parece.
Rugas cavadas surgiram na testa do chefe.
— Esse infeliz está me provocando. Vamos embora, intendente.
Virou-se para o cabra:
— Você pode voltar. Diga a Bento para fazer o curativo e botar Arvoredo em cima do cavalo. Vamos já.

Quando chegaram na porta da Prefeitura, ouviram um grito:

— Saia da frente, seu Hipólito, que lá vai chumbo!

Era Godofredo.

Uma bala veio da torre e tilintou na caldeira defronte, arrancando do chão uma pequena nuvem de poeira. Depois, durante muito tempo, silêncio. Seu Hipólito disse:

— Parece que Godô acabou a munição.

Passaram mais alguns minutos e os tiros não voltaram. O prefeito perguntou:

— Posso ir buscar o resto do dinheiro, capitão?

O chefe consentiu.

— Zezinho, acompanhe o intendente. Peço a Vossa Senhoria para não demorar.

Mas, súbito, Godofredo apareceu na porta da igreja, a do oitão.

Volta Seca apontou a carabina. O capitão bateu com a mão na arma, disse:

— Ninguém mexe com o homem.

Tirou os óculos, apurou a vista.

— Está desarmado. Deixem ele se chegar.

Godofredo forçava o corpo sobre as duas muletas. Estava em mangas de camisa, uma camisa listrada, aberta na frente. Os cabelos eram vermelhos e fartos. Os tamancos bateram, arrastados, na calçada cimentada da igreja, enterraram-se depois, quase de leve, na grama e na areia. Vinha sorrindo. Mais perto, gritou:

— Pode atirar, capitão. Não tenho mais bala nem arma.

Volta Seca não tirava os olhos do chefe. Godofredo parou, acendeu um cigarro, continuou. Estava cada vez mais próximo. Seu Hipólito não dizia nada, o suor alagando a testa. Os bandidos fizeram um grupo em torno do capitão. Godofredo parou diante do bando:

— Estou à sua disposição.

O capitão ficou silencioso, por uns instantes, depois aproximou-se e estirou a mão:

— Aperte aqui, doutor. Gosto de homem valente.

Godofredo recuou:

— Prefiro não apertar, capitão.

Arvoredo chegou, manquejando:

— Este infeliz me aleijou, capitão. Deixe eu acabar com ele.

— Ninguém mexe com o homem. Zezinho, acompanhe o intendente.

Seu Hipólito saiu, no seu passo miúdo e ligeiro, Zezinho atrás. Voltou minutos depois, entregou o resto do dinheiro ao chefe. Godofredo havia largado as muletas e sentara-se na calçada alta da Prefeitura. Fumava calado, muito tranquilo, o olhar distante.

A cidade estava morta, as casas fechadas, a rua principal deserta como um rio. Os urubus voavam altíssimo e o sol faiscava na torre da igreja, pintada de novo. Os bandidos já estavam montados, o capitão conversava com seu Hipólito. Godofredo era como se estivesse noutro mundo. O capitão aproximou-se dele, no seu cavalo:

— Seu doutor, quando eu for preso quero que o senhor me defenda no tribunal. Diz que o senhor fala bem. O que não tem é pontaria.

Godofredo não respondeu. Então o chefe fez um gesto com a mão e saiu numa disparada pela praça. O resto do bando acompanhou-o, aos gritos. Volta Seca atirava para o ar. Godofredo não se mexeu. Depois, quando se voltou, não viu mais ninguém: apenas uma nuvem grossa de poeira fechando a rua do comércio.

Os tiros rebentavam agora na estrada da Murta.

# SARABANDA

## I

Após muito tempo acordado, os olhos cansados do panorama imóvel do teto rústico e das paredes mal caiadas, resolveu levantar-se. Fez crescer a luz vacilante do candeeiro, procurou os chinelos. Seus gestos, pesados, sem vontade, movimentaram sombras enormes nas paredes, nos móveis e nas estantes pejadas de velhos livros empoeirados. O espelho do armário, salpicado de manchas antigas, retratou sem pena o seu aspecto de agora: aparência de convalescente, de alguém muito cansado, com um incontável número de noites em claro pesando sobre os olhos baços.

O despertador comum, de algarismos romanos gastos pelo tempo e quase apagados pela ronda constante dos ponteiros em forma de seta, marcava quatro horas da madrugada. Instintivamente, como vinha fazendo em tantas madrugadas, fez girar a corda do relógio. O ruído da mola se contraindo correu paralelo ao chiar contínuo de um grilo anônimo. Espreguiçou-se, bocejou, caminhou até o espelho: as olheiras continuavam a crescer, como pesadas nuvens de inverno. Passou as mãos pelos cabelos desalinhados, pela barba crescida. Abriu a boca e examinou os dentes. O sarro dos cigarros ia fazendo progressos rápidos, manchando os dentes de um amarelo escuro, cor de sangue velho. O paletó meio aberto do pijama – faltava o botão do centro – deixava entrever uma amostra de corpo magro, os cabelos do peito começando a embranquecer numa apressada antecipação da velhice. Descobriu uma espinha na face esquerda, pôs-se a espremê-la com as unhas mal aparadas dos dois indicadores. Depois enxugou com a manga do pijama a minúscula gota de sangue que havia aflorado. Ficou por algum tempo a se olhar no espelho, fazendo expressões diferentes com os olhos, com a boca, estirando a língua, arqueando as sobrancelhas, apertando os lábios, abrindo e fechando os olhos. Duas rugas profundas cresciam no canto dos lábios, ostensivas como cortes de faca. Um início de calvície ia aos poucos tornando a fronte maior; e sob a luz vacilante do candeeiro os primeiros fios brancos brilhavam como estrias de prata.

Na estante velhíssima, de mau acabamento e onde o cupim já havia feito estragos; os livros se enfileiravam, malcuidados, com os títulos das lombadas quase sumidos pelo uso. Livros igualmente antigos, de encardenações escuras. Destacando-se na estante do meio, uma velha Bíblia, negra e volumosa, parecia comandar aquele exército desordenado. Quinze anos atrás, João Bispo costumava ler, nas noites domésticas, e naquela sua voz monocórdia, trechos inteiros dos Cânticos e dos Provérbios. Lia como se rezasse, numa espécie de embalo que fazia Emília esquecer a boneca abandonada sobre as pernas, que fazia Nair ir abrindo aos poucos a pequena boca de lábios carnudos e perder-se num êxtase que só terminava com o fim da leitura. Ele próprio, já com os seus treze anos, deixava-se prender por aquelas narrativas esquisitas, de homens que faziam somente o bem e de outros que só faziam o mal, histórias, parábolas, intrincados enredos – e, sobre tudo e todos, o ameaçador espírito do Senhor a nortear os homens e as coisas como se fora uma bússola mágica, capaz de indicar todos os caminhos e apontar ao mesmo tempo para todas as direções. Na outra cabeceira da mesa, cabeça baixa, toda atenção no bordado inacabável (Penélope sem Ulisses e sem Ítaca), a mãe era um mundo apagado, distante. Na sala de móveis pesados e retratos de molduras austeras, o silêncio não era mais que a continuação do silêncio que reinava lá fora, no campo bugre onde uma noite de sombras tentava inutilmente abafar o cricri dos grilos e o coaxar dos sapos, tão próximos. Poucas vezes a voz arrastada de João Bispo era perturbada, a não ser quando Santo, o cachorro de pelo escorrido, passava correndo atrás de uma barata; ou quando Emília fazia uma pergunta qualquer:

– De que tamanho era mesmo o gigante Golias?

João Bispo ajeitava os óculos de aros finos, punha-se a arranhar o cavanhaque ralo, olhava para o teto:

– Era mais alto do que esta porta cinco vezes.
– Do tamanho da jaqueira, aquela maior?
– Maior.

No inverno, a chuva caía num dilúvio. A água escorria pelos vidros das janelas, encharcava o jardinzinho ao lado e inundava a varanda de lajes brancas. Soturno, o trovão vinha lá de cima com um som de mil tambores roucos – e quando isso acontecia, a voz de João Bispo se tornava inaudível. Emília, Nair e ele encolhiam-se, cheios de medo, como gatos pequenos – mas logo adormeciam, estirados nas cadeiras largas. A mãe abandonava o crochê, e um por um levava os três para o quarto. Rezavam já quase inconscientes, engolindo ou saltando as palavras, mortos de sono. João Bispo fechava com cuidado a Bíblia, deixava-a sobre a mesa, ia até a janela. E lá ficava durante muito tempo, às vezes horas inteiras, procurando distinguir com os olhos cansados as silhuetas das árvores que se diluíam na sombra impenetrável.

Cabelos de um castanho claro, caídos em tranças, Emília sempre fora franzina; e, um tanto estrábica, de vez em quando usava óculos que pareciam imensos no seu rostinho miúdo, o que lhe dava uma fisionomia precocemente adulta. Era, entre todos, a preferida de João Bispo. Ele a punha sobre as pernas, alisava seus cabelos, cuidava das pequenas feridas que constantemente surgiam no corpinho magro. Enquanto ele e Nair se perdiam pelas roçadas, à procura dos primeiros cajus e ou da água parada do riacho dos fundos, lá ficavam os dois na sala da frente, João Bispo a arengar histórias que enxertava com trechos bíblicos, e Emília, os olhos muito abertos, a escutar, embevecida. Uma ou outra rajada de vento, que entrava pela janela, brincava com o seu vestido de chita colorida. E na varanda, Gabriel, um papagaio sem idade, palrava sem parar, a gritar para alguém que passava pela estrada ao lado ou chamando pelo cão, que dormia sob a jaqueira defronte, a maior:

– Santo! Santo!

O vento, quando vinha mais forte, em lufadas, alvoroçava as folhas secas que se espalhavam pelo capinzal e sacudia furiosamente os penachos do canavial; ou então trazia até a casa o grito de um boiadeiro distante, o grito que era o mesmo de todos os fins da tarde, como o mesmo era o morrer do sol que aos poucos ia agonizando por detrás da serra do Boeiro, sempre cinzenta.

O casarão como que o intimidava. Preferia as caminhadas livres na companhia de Nair, os banhos no riacho, as incursões proibidas aos sítios vizinhos, nos quais as mangas lhe pareciam mais saborosas e os cajus menos travosos. Gostava das histórias que João Bispo contava ou lia. Mas as histórias eram para a noite, quando não existia o sol e o silêncio do campo dava medo. Tinha pena da irmã, sempre tão doente; e entre a velhice resignada de João Bispo, os silêncios da mãe e a infância sem alegrias da irmã, quase que não havia qualquer diferença. Nair, ao contrário, era a própria vida, com todos os seus sumos, e em torno dela, da sua presença sempre solidária, é que construía seus sonhos e montava suas fantasias.

Emília morreu numa tarde de muito sol, suavemente, sem queixumes. Passara uma semana a tossir, quase não dormia, e quando adormecia era para logo despertar, sufocada. João Bispo sabia que aquilo era o fim: não a deixava um só instante, agasalhando-a, dando-lhe as meizinhas, protegendo-a do vento, multiplicando-se em cuidados. Tudo inútil.

O enterro, modesto, foi no dia seguinte. Fazia muito sol na manhã campestre; e lá bem no fim da planura a serra do Boeiro erguia-se severa como sempre, mas agora era como se o seu vulto cinzento tivesse ganho um certo brilho, de prata velha. As cigarras cantavam numa só fúria; e confundindo-se com os galhos da jaqueira, a trepadeira, que sempre estivera ali – como tudo o mais – tinha abertas todas as suas pétalas. O caixão, azul, quase não pesava, e tão leve era que ele sequer cansara, segurando-o até o pequeno cemitério, disposto como um presépio na entrada da vila.

Pouca gente acompanhou Emília naquela última caminhada por entre os sítios vizinhos e os caminhos estreitos de barro muito vermelho: a maioria eram crianças da redondeza, alegres, inquietas, tão despreocupadas que mais pareciam num passeio, personagens de uma matinada ruidosa e alegre. Somente João Bispo, que se havia negado a pegar no caixão e acompanhava o enterro bem lá atrás, parecia trazer somente consigo a tristeza que naquele momento deveria estar naqueles outros corações inundados de sol.

Ele não sentira falta de Emília, tampouco Nair havia ficado triste com a morte da irmã. Sempre doente, raras vezes participando com os dois das correrias pelo campo, Emília, no fundo, não fazia falta. Mas houve uma noite, logo após sua morte, em que de repente dele se apoderou uma saudade angustiante de qualquer coisa que no momento não soubera explicar o que poderia ser. João Bispo lia a Bíblia (agora com a voz quase apagada), lágrimas desciam de seus olhos, onde as pupilas, como janelas embaçadas, não tinham vida nem brilho. Nunca mais haveria de esquecer aquelas palavras de João Bispo, palavras que pareciam vir de muito longe, como se tivessem chegado ali trazidas pela noite que lá fora envolvia o mundo: "Uma é a claridade do sol, outra a claridade da lua, outra a claridade das estrelas... Assim também a ressurreição dos corpos."

Ao escutar tais palavras, lançou-se num ímpeto para a porta, correu sem parar dentro da noite, depois sentou-se no chão encostado na cancela, e ali ficou até que da casa veio o chamado estridente de Nair. Lembra-se ainda hoje do céu tenebroso e já prenhe das chuvas que logo iriam cair. E imaginou que sua angústia teria sido menor se, em vez daquele céu de chumbo, lá em cima estivessem brilhando milhares e milhares de estrelas – toda uma sarabanda de luz faiscante, acendendo e apagando. Então, pela primeira vez sentiu falta da irmã morta. Voltou para casa num choro que não conseguia sufocar, a chamar pelo nome de Emília. João Bispo tomou-o nos braços. A mãe alisou-lhe a cabeça, docemente, disse:

– Agora ela está no céu...

## II

Deixou o sítio quando ainda não havia completado os quinze anos. Chovia, e o caminho estreito e enlameado, balizado dos dois lados pelo mato que crescia livre, não era mais que uma sucessão de poças, um só lamaçal. João Bispo havia ficado na porta acenando com a mão, os cabelos brancos escondidos sob o boné encardido, o corpo cada vez mais curvado apoiando-se na bengala de castão prateado. A mãe, passos lerdos, as sandálias afundando-se na lama amarela e viscosa, levara-o até a cancela. E antes que ele subisse no carro de boi que o levaria à vila, e de lá à cidade onde moravam os tios, beijara-o na fronte e o abençoara.

– Deus saberá tomar conta de você.

Ia para um colégio interno, não poderia saber quando voltaria. Lembrava-se de ter olhado uma última vez para o casarão acachapado, para a jaqueira centenária, para o matagal em volta. João Bispo continuava na porta, mas não acenava mais. Um pressentimento lhe dizia que nunca mais o veria – porque todo ele era um só cansaço a pedir um grande descanso, um descanso eterno.

## III

Voltou muitos anos depois (quantos?, nem se lembra mais), pelo mesmo caminho estreito, agora coberto pelo mato que tudo escondia. O casarão deserto lhe pareceu alguma coisa que ia morrendo aos poucos, um doente que não podia ser mais salvo. As parasitas que abraçavam os galhos da jaqueira da frente caíam agora também sobre o telhado negro e tinham o aspecto de uma densa cabeleira selvagem. O mato também havia chegado até a varanda, galgando os três degraus gastos e cobrindo as lajes das quais pouco se distinguia. Nos fundos, o antigo canavial se transformara numa só confusão de canas secas, despojadas de seus penachos, e de milhares de árvores outras, pequenas e grandes, algumas de raízes expostas pela erosão contínua. Dois ou três juazeiros tentavam dar vida àquele ermo com o verde eterno de suas folhas que o sol não conseguia queimar.

Ao penetrar na casa deserta, depois de tanto tempo, e onde a mesa, as cadeiras, o armário pesado e os tamboretes se escondiam sob a poeira espessa, lhe pareceu sentir a presença de João Bispo arrastando as sandálias no quarto ao lado para vir até seu encontro, os braços abertos. Mas fora apenas uma alucinação rápida, como uma tonteira, talvez por culpa do sol que lá fora ardia como uma fornalha.

João Bispo há muito havia morrido. Tinha de cor a carta da mãe, comunicando-lhe a morte daquele que já era velho quando ele foi embora. "Agora somos só nós dois no mundo. Não posso contar mais com Nair, que foi com o marido para longe, nem sei para onde. É preciso que você se faça um homem. Que Deus lhe dê a força do pequeno Davi." Naquela noite, no dormitório abafado do colégio onde uma dezena de colegas ressonava, escutou, vinda de algum ponto indistinto, a voz de João Bispo: "*Tenho desaparecido como a sombra que vai caindo...*" E pôs-se a chorar, abafando os soluços no travesseiro – o mesmo choro que não pudera sufocar na primeira noite após a morte de Emília. Era como se fosse a mesma noite. Enxugou os olhos, abriu devagar a janela que dava para o pátio, olhou o céu. E lá estavam as mesmas estrelas, todas acesas, uma sarabanda de luz.

O curso de Direito havia ficado pela metade. Depois, foi a morte da mãe; de Nair, casada com um militar e vivendo uma vida itinerante, só tinha notícias esparsas, cada vez mais raras. Não havia pedido muito à vida; e o pouco que tinha, a vida ia aos poucos lhe tirando. Quando sentiu a primeira pontada mais forte no coração, uma dor que lhe havia tirado o fôlego, resolveu que era tempo de voltar e cuidar – não sabia como – do sítio por cuja cancela há anos ninguém passava.

E agora ali estava, no quarto sombrio, entre os velhos livros que ninguém mais lia, a olhar-se no espelho sujo; ali estava sem saber por quantos caminhos andara naqueles anos todos de vida. Sem ao menos saber o que havia feito da vida.

## IV

Deixou o espelho e abriu a janela. A noite era clara, uma meia-lua boiando no céu sem nuvem. Passou a mão no rosto, sentiu a barba crescida de dias. No céu sem nuvens as estrelas – milhões e milhões delas – piscavam como vaga-lumes, à semelhança de milhões e milhões de olhos que se abriam e fechavam. "Ela agora está no céu."

Os vizinhos já não são os mesmos – talvez estejam também todos no céu. E quando seus olhos pousaram nas parasitas, que desciam dos galhos da jaqueira como cobras, lembrou-se da canção antiga que a mãe costumava cantar quando conseguia deixar de lado o crochê infindável:

> *Não me cortes os cabelos*
> *pelos figos da figueira...*

Mas seriam esses mesmos os versos? Não lembrava.

Lembrava, apenas, que Emília tinha os olhos mortiços, olheiras adultas, que Nair gostava de caju e de pular os barrancos, de vadear o pequeno riacho que ia se perder na pedreira de pedras alvas como ossos. Agora o mato cobriu tudo, e é até difícil romper a mataria para alcançar a jaqueira em frente, a maior de todas. E no riacho que mil secas haviam secado e mil enxurradas haviam enchido, as águas tinham uma cor de barro. Somente os sapos talvez fossem os mesmos – pelo menos, disso estava certo, era o mesmo o seu coaxar. *"Tenho desaparecido como a sombra que vai caindo..."*

Não dia seguinte, após uma vistoria minuciosa pelo casarão e por tudo em sua volta, sentiu crescer no peito um desalento pesado, uma sensação de que não seria mais possível qualquer resgate. O sítio, assim como estava agora, só podia servir para engoli-lo definitivamente, arrancá-lo de uma vez por todas daquela vida sem préstimo e sem sentido. Para isso ele ainda servia, somente para isso. Onde o enterrariam? No cemitério da vila? Sob a copuda jaqueira da frente? Lá nos fundos, à margem do riacho barrento?

Volta para a cama, sente uma nova picada no coração. Arruma os travesseiros, de fronhas encardidas, encosta-se neles, estira as pernas e fica olhando as estrelas lá no céu, muito, muito além da janela aberta. A picada agora é mais forte. Fecha os olhos, sente um suor frio que lhe poreja a fronte.

Por que Deus não lhe dera a força do pequeno Davi?

# O CÔNSUL SUÍÇO E O GENERAL ALEMÃO

O cônsul Karl Kirchberg, representante da neutra Suíça, insistiu:
— O senhor me desculpe, mas destruir as pontes é um ato gratuito. E cruel. O Arno é estreito e raso como um riacho, principalmente nesta época do ano. Os aliados poderão atravessá-lo a pé, com água pelos joelhos. Por que destruir as pontes?
O general alemão perfilou-se mais uma vez, bateu com o lápis no mapa estendido sobre a mesa, disse:
— Lamento, senhor cônsul. Mas são ordens: todas as pontes serão destruídas.
— Inclusive a de Santa Trinità?
— Inclusive.
— Mas não a Ponte Vecchio.
— Também ela.
Isto aconteceu no primeiro dia do diálogo, tão difícil, entre o cônsul Kirchberg e o general alemão que em Florença, naquele agosto de 1944, protegia a retaguarda das tropas nazistas em retirada. No segundo dia (os aliados já se aproximavam de Fiesole), o cônsul amanheceu muito cedo no QG alemão. Passara a noite em claro e vinha armado de um longo discurso que havia ensaiado

durante a vigília até o nascer do sol.

Era verão, o sol acendia o ouro sangrento dos telhados de Florença e transformava o róseo de Santa Maria del Fiore numa como que ruborização ofegante, ou talvez pudica, de moça depois de um longo esforço físico ou agredida por um gesto feio ou uma palavra má.

O general trazia olheiras profundas, mas o seu uniforme continuava impecável. Dura no seu ferro heroico, a condecoração parecia queimar como uma marca abaixo da gola do dólmã. O cônsul Kirchberg tinha também os olhos pisados e cinzentos, mas somente nisso se assemelhava ao general com quem procurava entender-se. Porque a figura do cônsul Kirchberg, naquela manhã, era a mais deplorável possível: a barba por fazer, cabelos revoltos, o terno amarfanhado (o mesmo da véspera e da antevéspera), a gravata mal ajustada na camisa de um branco equívoco.

O general disse:
– Às suas ordens, Excelência.

O cônsul Kirchberg parecia não ter escutado: olhava pela janela, lá fora, e lá fora eram as velhas árvores do parque, os ciprestes esguios e quase negros no seu verde carregado; e, além, as fraldas dos Apeninos, de onde o sol arrancava revérberos.

– Excelência...

O cônsul Kirchberg voltou-se, num sobressalto:
– Desculpe, Herr general. – Fez uma pausa. – Foi uma noite horrível...

Herr general, do outro lado da mesa larga e entulhada de papéis, álgido, reto, a marca de ferro gravada no peito, os olhos azuis e sem vida ("Como são vazios", pensou o cônsul. "Vazios como o fundo de um poço vazio...") pousados na figura estremunhada e quase rendida que tinha à sua frente.

– Sente-se, Excelência.

O corpo amarrotado e insone do cônsul Kirchberg encheu a cadeira de encosto aveludado, mas logo assumiu uma postura vertical e digna – postura de cônsul. Disse:
– Senhor general, o senhor me perdoará a insistência, mas quero voltar ao assunto de ontem.

Herr general teve um gesto de impaciência (que consistia em passar as mãos sobre os cabelos escassos e cor de palha – nele, um cacoete), mas o cônsul Karl Kirchberg estava decidido:
– Herr general, Florença não nos pertence. Florença não é alemã, nem inglesa, nem americana, nem suíça. Florença é um patrimônio de todos nós, Herr general. Florença pertence ao mundo.

O cônsul Kirchberg sabia que aquele era um discurso banal e medíocre, que não fora o mesmo que havia decorado durante as longas horas da noite passada em branco. Mas era o que agora lhe saía da cabeça enevoada – como um bando de pássaros comuns, um bando de pardais ou de andorinhas. O general apenas piscou os olhos. Quando os abriu novamente e encarou o cônsul, o fundo do poço, muito azul, não mostrava nada: sequer a mancha de uma sombra ou o reflexo apressado de um raio de sol.

O cônsul Kirchberg enxugou o suor que lhe empapava a testa muito vermelha. O silêncio azul e vazio de Herr general o intimidava. Afinal, onde estavam as palavras todas, as exatas, as convincentes, que colecionara durante a noite, que havia alinhado umas atrás das outras, perfeitamente ordenadas, e com as quais pretendia enfrentar e se possível vencer a potestade loura e fardada? Olhou novamente além da janela aberta: os ciprestes também continuavam perfilados, excessivamente esticados no seu fardamento de caporais verdes, e o silêncio era tanto – um silêncio azul e vazio – que se podia escutar o murmúrio do Arno, na sua marcha

magra e sonolenta em direção a Lucca, Pisa e ao Tirreno.
— Senhor cônsul — disse o general. — O senhor me telefonou pedindo uma entrevista para as primeiras horas da manhã. Estou às suas ordens. Mas devo lhe dizer que meu tempo é muito curto. Aliás, o nosso.
O cônsul Kirchberg endireitou-se na cadeira, ergueu o peito. Ia tomando o seu jeito consular, formal e anódino, mas arrependeu-se em tempo: aquilo não iria dar certo. Herr general era um homem; por trás daquela marca de ferro, incrustada em seu peito, haveria, tinha que haver um coração vivo, pulsando. "Göethe, isto, Göethe", o cônsul lembrou-se de repente. "E Shelley ('Nunca houve uma cidade tão bela sob o sol como Florença')." Mas um arrepio friorento lhe passou pela espinha: Shelley, inglês, seria a perdição. O cônsul Kirchberg relaxou os músculos da face, desabrochou o seu sorriso mais cândido, disse:
— Herr general, com certeza o senhor sabe do amor que Göethe, o grande Göethe que também pertence a todos nós, tinha por esta cidade.
Herr general não respondeu.
— E outros, Herr general. — Não se lembrava de mais nenhum. E mesmo Göethe, não tinha certeza de ter ele amado Florença tanto assim. — E muitos outros grandes alemães. — E num ímpeto: — Herr general, Göethe, o grande Göethe, jamais permitiria fossem destruídas as inofensivas pontes sobre o Arno.
E como num milagre as palavras se libertaram dentro do cônsul Kirchberg. Afluíram à sua cabeça como se alguém tivesse aberto dentro dela uma imensa gaiola de pássaros, de todos os pássaros; e o cônsul Kirchberg, tocado como que por uma mágica, lembrou-se repentinamente de tudo o que ensaiara durante a noite sem dormir. Houve um instante em que o cônsul Kirchberg ergueu-se (pulou, seria mais adequado dizer) da cadeira, foi até a

janela e apontou, lá fora, para o rio e suas pontes.

— Veja, Herr general, as pobrezinhas, tão inofensivas, tão graciosas. São como braços inermes, são como crianças dando as mãos sobre um riacho de brinquedo.

Herr general não disse nada, apenas olhava com seus olhos vazios em direção ao ponto que indicava o braço estendido do cônsul Kirchberg. E como o general não esboçava o menor intento de chegar até a janela e ver com os próprios olhos as crianças que davam as mãos sobre o riacho, o cônsul Kirchberg foi até ele e trouxe-o pelo braço:

— Veja, Herr general. Umas pobrezinhas. Lá está a de Santa Trinità, Herr general, com a sua Primavera, o seu Verão, o seu Inverno, o seu Outono. Lá está a Vecchio, tão ilustre, Herr general. Lá estão elas como sempre foram, como deverão continuar a ser.

Herr general olhou na distância — mas certamente não via nada. Talvez enxergasse apenas os ciprestes verdes, retos, perfilados, montando guarda na entrada do parque.

O suor pingava da testa do cônsul Kirchberg ("Nunca vi em Florença um verão tão quente, uma fornalha!"), seu coração pulsava acelerado, sentia latejarem todas as veias e artérias do corpo. Sabia que sua pressão, de natural sempre alta, chegara ao limite extremo — mais uma palavra e seria a ruptura, a explosão.

O cônsul Kirchberg deixou a janela a passos lentos, abateu-se sobre a cadeira, ficou por uns instantes mudo e arfante. Disse depois, num fiapo de voz:

— Herr general, um último pedido, e este de ordem pessoal: poupe pelo menos a Ponte Vecchio, que é a mais velha e mais inofensiva de todas. E nem ao menos é uma ponte. É uma rua.

Herr general sentou-se, por sua vez, tamborilou o mapa com o lápis — e o cônsul Kirchberg observou que, mesmo sentado, Herr general permanecia em posição de sentido, com todos os músculos e nervos prontos para passar em revista um desfile imprevisto.

Herr general disse:

– Senhor cônsul, não sou dono da minha vontade. Já repeti isso ao senhor dezenas de vezes. Cumpro ordens. E as ordens que recebi – apontou com o lápis uma folha datilografada, sobre a mesa – mandam que na retirada eu não deixe uma só ponte intacta. São as ordens, tenho de cumpri-las. Florença infelizmente estava no caminho da guerra. É uma pena. E o senhor sabe que na guerra não há atalhos, só caminhos. Caminho, numa guerra, é tudo que está à nossa frente.

Herr general levantou-se, estirou sobre a mesa a mão ao cônsul Kirchberg. O cônsul Kirchberg apertou-a sem força, saiu da sala e ao chegar à rua era como se estivesse emergindo de um poço profundo e azul, e também vazio, apenas um pouco de água azul bem lá no fundo.

O sol de agosto caiu forte sobre a figura macilenta e suada do cônsul Kirchberg, ele sentiu que nada mais havia a fazer. E disse a si mesmo que iria passar o resto do dia bebendo, e que iria beber a noite toda, e que quando as tropas aliadas entrassem na cidade, no dia seguinte, o encontrariam bêbedo, não tinha importância. As pobrezinhas já teriam morrido. E o impetuoso e debochado Cellini, lá no inferno (para onde certamente foi depois de morto), choraria em vão o fim da ruazinha sobre o Arno por onde se esgueirara em tantas outras noites furtivas, séculos atrás.

No consulado, o *podestà* e outros dignatários locais aguardavam aflitos o cônsul, e todos lhe perguntaram numa só voz:

– E então, senhor cônsul?

O cônsul Kirchberg encarou-os com rancor, disse:

– Os amigos dos senhores são uns porcos. Ou não são mais amigos? Uns porcos. Nada será poupado, nenhuma delas. "Florença está no caminho da guerra", disse Herr general. As pobrezinhas estão no caminho da guerra. "Não serão poupadas", me disse Herr porco.

Entrou no seu gabinete e bateu com força a porta no rosto atônito dos dignatários. E chamou o secretário, disse que não estava para ninguém durante todo o resto do dia. Jogou o paletó amarrotado sobre a cadeira, tirou do armário a garrafa de uísque e serviu-se de uma grande dose, a primeira de muitas outras que iriam se seguir.

No começo da madrugada, o cônsul Kirchberg acordou com o barulho das explosões. Tinha a garganta pastosa, o hálito pesado, os olhos ardiam. Sufocava-se ali na sala e escancarou as duas janelas que davam para o Lungarno Amerigo Vespucci. As explosões eram próximas, secas, e em seguida a elas vinha o barulho característico de pedras e muros aluindo. Em agosto, o dia em Florença começa cedo – e ainda eram cinco da manhã, dia feito, quando o cônsul Kirchberg chegou a uma das janelas e olhou para fora. Não viu nada, porém. Seus olhos se chocaram contra uma parede de cinza. Não era o *nebbione*, o feroz e intransponível muro de sombra que em Florença anuncia que o inverno vai chegar. O cônsul Kirchberg, embora meio enevoado pelas sucessivas doses de uísque ingeridas, não custou a compreender: a cinza vinha das explosões. Era a poeira que subia dos quartéis, dos depósitos e das pontes que os alemães estavam destruindo.

As pontes... O coração do cônsul Kirchberg encolheu-se, endureceu de frio, de pena e de raiva. As pontes... Herr porco havia cumprido as ordens. Herr porco destruíra as pobrezinhas.

115

O cônsul Kirchberg pensou em sair à rua, mas lá fora era agora um campo de batalha. Não apenas as explosões, mas também o rasgar das metralhadoras e o canhoneio das tropas aliadas que avançavam, de rua em rua. O cônsul Kirchberg logo compreendeu que a única coisa a fazer era beber novamente e ali ficar, em seu gabinete, enevoado, de janelas abertas para a guerra e a poeira – à espera.

Foi então que se deu o milagre. Não naquele instante exato, mas uma ou duas horas depois, quando o dia já nascera por completo e o sol de agosto voltara a inundar a cidade, caindo agora não apenas sobre seus telhados vermelhos, banhando totalmente o mármore rosado de Santa Maria del Fiore ou a fachada de zebra de Santa Maria Novella ou o verde vertical dos ciprestes do parque – mas igualmente os destroços, as medonhas feridas que haviam nascido com aquele dia insano e sangrento.

Primeiro o cônsul Kirchberg escutou, difuso, o matraquear de um motor que se aproximava, ouviu depois o veículo, num último suspiro de cansaço, estacar defronte ao edifício do Consulado. O cônsul Kirchberg deixou o copo sobre a mesa e olhou pela janela. Um soldado alemão, empoeirado e de olhos ardentes, batia com força na aldrava da pesada porta, e o cônsul Kirchberg gritou da janela:

– Que é que o senhor quer? Aqui é o Consulado da Suíça.

O soldado, lá embaixo, brandiu um envelope, respondeu:

– Uma mensagem de Herr general.

O cônsul Kirchberg desceu os dois lanços da escada, abriu a porta e mal lhe pôs nas mãos o envelope, o soldado fez uma continência rápida, voltou a montar na motocicleta e desapareceu no fim da rua que a poeira fechava.

O cônsul Kirchberg leu:
"Sr. Cônsul:
"Como o senhor sabe, sou um soldado que cumpre ordens. Mandaram-me que destruísse todas as pontes sobre o Arno. Destruí-as. Mas a ponte Vecchio não é uma ponte. É, como o senhor disse, uma rua. E não me mandaram destruir ruas.
"Boa sorte, senhor Cônsul."
No pé do bilhete a assinatura de Herr general era uma cobra torcida cuja cauda terminava num arabesco quase gracioso. O cônsul Kirchberg dobrou o papel, jogou-o sobre a mesa – as explosões continuavam. Pegou na garrafa e, como estivesse vazia, foi ao armário, trouxe outra e serviu-se da primeira dose, que encheu a metade do copo. A primeira de muitas outras mais, porque o cônsul Kirchberg, da neutra Suíça, nada mais tinha a fazer, senão esperar.

# FAZIA FRIO

Esfregou os olhos com força – os olhos ardiam. Quanto tempo dormira? A rajada quente, os ruídos muito longe, bem longe, até sumirem. Lembrava-se. Mas quando? Abriu os olhos. Clarice olhava atenta para a tela.

– Dorminhoco.
– Vamos?

Os galos distantes. A aragem fria, metade da noite, bateu nos rostos esfogueados pelo calor que fazia lá dentro, no cinema. Ela tremeu, cruzou os braços sobre o peito.

– Que frio!

Tomaram o bonde quase vazio. A mulata dormia, a cabeça apoiada no ombro do fuzileiro naval. As rodas silvavam nos trilhos, gritavam nas curvas.

– Que filme besta.
– Não vi nada.

Passou o braço pelas costas da namorada. Clarice acomodou a cabeça no seu ombro, levantou a gola curta do vestido. O fuzileiro naval, lá na frente, adormecera também. A fita preta do quepe brincava dentro do vento como passarinho inquieto.

Na porta da casinha suburbana, ela lhe ofereceu os lábios polpudos. Ele beijou depressa:

– Telefona amanhã?

– Claro. De tarde.
Saiu devagar pela rua incerta, de mangueiras compactas. O vento levava as folhas numa nuvem de poeira. Tossiu. O som do rádio vinha do bangalô da esquina. Uma música contínua, profunda. Parou para escutar. Onde ouvira aquilo antes? Os violinos, repentinamente, limparam sua lembrança. Na casa de Miguel. Mozart. Mozart mesmo? Não se lembrava mais. Há quanto tempo... Tinha saudade daquelas tardes, nos domingos. A noite chegava sem sentirem. Afundava-se na poltrona larga, deixava os olhos passear pelas lombadas dos livros. Lembrava-se de Marocas, de Nair, o riozinho da infância de águas limpas, das cobras verdes – Joãozinho dando coronhadas no emaranhado de bichos, com cipós: "Toma, desgraçada!" Mozart... Talvez não fosse. Miguel era intransigente:
– Se presta é Mozart.
Ele contrariava:
– Tem música demais. Bote um moderno.
E Miguel, com desprezo:
– Trata-se de um leigo.
Há quantos séculos? Onde andava aquele mundo? E depois, como viera encontrar aquela rua? Quem era Clarice?
Meteu as mãos nos bolsos da calça, saiu assoviando.
Viajaria. Sem rumo, sem caminhos certos, sem bússola. Vela solta e doida, partiria mesmo sem dinheiro. Estava farto daquilo tudo. Sabia de cor a paisagem que a janela semiaberta do escritório deixava ver: o Pão de Açúcar cinzento, as águas azuis da baía. Não pôde deixar de sorrir ao lembrar a carta que escrevera. Ia embarcar, como marinheiro, num cargueiro sueco. Estava cansado de ver as mesmas coisas todos os dias. Conheceria lugares estranhos, mandaria postais.
Não viajara. O pai morrera. Deixara o curso de Direito, um amigo lhe arranjou aquele emprego.

Mas um dia acabaria com aquela vida. Atravessaria a barra, ganharia o oceano. E Clarice?

Os olhos perderam-se na carta mimeografada de Vevey. "*Messieurs...*" Levantou-se, foi até a datilógrafa espigada que passava pó no rosto.

— Uma carta. "Prezados Senhores..."

M. François pigarreou no reservado. "Temos em nosso poder a sua estimada..." Os automóveis buzinavam embaixo, as capotas incendiadas de sol. "Com referência ao seu tópico sobre as novas embalagens..." O avião minúsculo e vermelho passou roncando sobre o arranha-céu em construção. Clarice?

As ondas batiam com força nas pedras, a água espumava com raiva. Vinham pingos até eles. Clarice brincou:

— Está chuviscando.

Saíram pela calçada, defronte ao mar. A noite estava cheia de estrelas, mas o Pão de Açúcar, tenebroso, perdia-se na sombra noturna. A sua luzinha, lá em cima, brilhava como uma estrela mais próxima. O vento era fraco e morno.

Os seios fortes de Clarice forçavam o vestido leve. Estava mais bela, os lábios pedindo, os cabelos tangidos para trás.

Ele continuava a insistir:

— Vamos, meu bem.

— Não.

Caminharam mais. Os ponteiros do relógio eram como setas flamejantes, de fogo verde.

Atravessaram correndo o asfalto. Havia namorados nos canteiros, abraçados nos bancos. Sentaram-se defronte da fonte luminosa. A água vermelha subia como uma fogueira de chamas retas. Passou o braço pela cintura de Clarice, teimou:

— Vamos, benzinho.

— Não.
— Um instante só.
Clarice não respondeu.
— Vamos?
Segurou-a pela mão, levantou-se. Foi levando-a devagar. Clarice não protestava.
Folhas secas caíam das árvores. Uma lufada de vento alvoroçou a areia do chão. Caminhavam sem pressa, o coração dele batia... Sentiu que o de Clarice devia estar assim também.
Abriu o portão gradeado, sem fazer barulho. Olhou nervoso para dentro, ver se havia alguém. Só havia escuridão. Ela quis voltar:
— Vamos voltar, Fernando.
Mas ele não respondeu. Arrastou-a depressa para o quarto. Quis acender a luz. Clarice não deixou:
— Não acenda.
Abraçou a namorada com força, colou a boca nos lábios — os seios túrgidos espetavam.
As mãos apressadas e sem jeito começaram a desabotoar a blusa, rolaram na cama, dois cegos.
O sol novo sobre as ruas e as casas. As janelas dos arranha-céus, ainda fechadas, cintilações de fogo. O ônibus corria ligeiro dentro da manhã. Voltou-se: lá fora, os homens, os automóveis e as casas iam passando velozmente. A lembrança da noite anterior permanecia, amiga e dolorosa, como uma acusação e um convite novo. Clarice. Olhou-a de soslaio. Estava pálida, sem pintura. As olheiras naturais haviam crescido nas faces nuas. O olhar distante.
De tarde ela telefonou para o escritório:
— E agora?
Ficou sem saber o que responder. Ouviu a voz trêmula, distante — tão diferente, como se uma nuvem pesada e cinzenta a tivesse apagado.

— E agora?
— Faço o que você quiser, Clarice.
Houve uma pausa. Esperou por uma resposta aflita, esperou um século. A voz disse:
— Eu não sei o que quero.
Ficou calado. A voz era apenas conformada:
— Que é que eu posso fazer?
Não tinha ideia. Sabia que tudo ia ser diferente, que alguma coisa irremediável havia acontecido. Não via nenhum caminho. Somente uma sombra espessa.
— Não sei, Clarice. O que você resolver...
Clarice impacientou-se:
— Como é que eu posso resolver? Você é quem sabe.
Ele mentiu:
— Já acertei tudo, Clarice. De noite lhe falo.
Voltou para a mesa entulhada de papéis. Uma sombra espessa. Era somente a tarde? A datilógrafa loura se diluía na penumbra, o ruído dos dedos ágeis não chegava até ele. Podia ver o mar, da janela. Não era mais o mar azul e amigo, mas apenas uma estrada larga e triste, despovoada, de cinza.

Quando saiu para a rua, foi como se se sentisse, de súbito, amparado. Toda aquela gente, seus irmãos, também tinham problemas difíceis, e nenhum deles, aparentemente, se deixara envolver pela sombra. Inventou uma vida nova. Ia no ônibus, quase alegre. E instantes depois começou a sentir que o sonho tinha alguma coisa de real. Mentalmente afastou os obstáculos, todos, e agora a vida de amanhã estava construída. Era somente um esboço, um começo. Por que não? Mas temeu uma ousadia? As contas, as doenças, os filhos... Iriam para o subúrbio. Viu a casinha branca na margem da estrada, a trepadeira coleante escondendo a cortina leve: quando o vento soprasse, nas tardes calmas dos sábados, veriam do trem as cortinas brancas saltarem fora das janelas, como lenços que acenavam.

Mas Clarice perguntava alegre.
– E agora?
– Agora tudo vai ser bom.
Então a sombra foi se afastando. Era nuvem, negra e úmida, mas nuvem. Limpou o azul, escondeu-se atrás do morro. Tudo estava claro como se fosse dia.
Clarice tinha os olhos nele. Chorava? Não parecia. Mas como que via, lá no fundo das pupilas, um rancor surdo que se esforçava para não se libertar.
– O que é que nós vamos fazer?
Os homens carregados de embrulhos. A criança inquieta. Era outro mundo, nunca seria o seu mundo.
– Você disse que tinha achado um jeito. Qual é?
Falou sem entusiasmo, quase sem voz:
– Me caso com você.
Clarice era uma estátua.
– E depois?
Ele sentiu raiva:
– Depois o quê?
– Casar sem dinheiro?
Respondeu com ódio:
– Isto é comigo. Você não vai morrer de fome.
Ficou olhando os ponteiros verdes do relógio, lá em cima. Os minutos passavam, as horas, os anos... Que adiantava tanto esforço inútil? O tempo rolaria sobre tudo, transformaria tudo em poeira, ele, Clarice, tudo. Sentiu uma necessidade angustiosa de ficar só para o resto da vida. Que adiantava tanto trabalho? O tempo rolaria, implacável, destruidor – esperaria.

Foi levando Clarice pelo braço.

– Amanhã começo logo a resolver tudo. Lhe telefono de tarde.

Ela tomou o ônibus vazio. Ficou parado esperando pelo aceno da mão morena – era costume. Mas o aceno não veio. Saiu sozinho pelo asfalto deserto e molhado. Atravessou devagar o jardim, sentou-se na balaustrada, olhando o mar. Fazia frio, levantou a gola do paletó.

# VOCÊ IA FAZENDO UMA TOLICE, MARIA

Maria me contou que domingo último quase fizera a maior loucura de sua vida, a última. Havia posto o seu melhor vestido – o preto, com rendas brancas nas mangas curtas – e fora para a Quinta da Boa Vista. Levava na bolsa um envelope de um pó qualquer: ia se matar. Mas era uma fraca. As crianças, centenas delas na manhã ensolarada, espalhavam-se pelo parque, corriam pela grama, eram milhões as flores abertas, tudo muito alegre sob o sol. Por isso não tivera coragem.

Ela me conta isso, agora, entre soluços e lágrimas.

– Sempre fui uma fraca. Decido fazer uma coisa, planejo tudo, digo comigo mesma que vou fazer, repito isso mil vezes, mas na hora, nada. Nasci covarde, vou morrer assim.

O vento quente sopra da baía e mexe com os seus cabelos soltos. O apito rouco da barca, a fileira de luzes do outro lado do mar. Sei que Maria espera alguma coisa de mim – uma solução, uma promessa firme, qualquer coisa que lhe dê segurança. Mas eu só sei dizer:

– Você ia fazendo uma tolice, Maria.

Ergue os olhos, rápida, e me encara com raiva:

– Tolice? Tolice foi não ter ido até o fim.

Mais soluços, mais lágrimas. Alguns passageiros, na

barca, nos olham, curiosos.

— Por que você não dá um jeito na minha vida? Ou não some de vez?

Mas que jeito eu posso dar, santo Deus? Sei que seus problemas não são transcendentais. Aconteceu apenas que Maria perdeu o emprego e o fim do mês vem aí, com suas exigências. Mas vem também para mim. Ela sabe disso:

— Também para mim, Maria. Não é só a sua vida que precisa de jeito. A minha também.

E repito uma vez a longa história tão batida: meu filho, minha mulher, as contas que não acabam mais, algumas atrasadíssimas, e o diabo do agiota que não me deixa em paz. Para não falar do fígado, que sinto cada vez mais inchado.

— Você sabe que quando eu posso, ajudo. Mas eu quase não posso, Maria.

A água bate mansa nas pedras; vem do mar meio parado um cheiro acre, penetrante, de salsugem:

— É ou não é?

Maria enxuga os olhos no lencinho bordado, levanta-se, vai se debruçar na balaustrada da barca, fica a olhar a escuridão. Depois fala, a voz sumida:

— Não sei mais de nada. Só sei que um dia faço uma loucura. Devia ter feito no domingo.

Faria, sim. Havia muita amargura em seus olhos, agora constantemente úmidos. Um dia aquilo teria que ter um fim. Quem podia aguentar uma coisa assim, porcaria de vida tão cruel?

Aproximo-me, beijo-lhe a face.

— Você nunca fará isso, Maria. Não seja boba! O mundo não vai acabar hoje, nem amanhã, nem nunca. Haverá uma solução para tudo, você verá.

Bem, mas a solução não era eu. Não era, mas Maria

não me deixava, segura em mim, agarrada em mim como se estivesse se afogando e eu fosse um salva-vidas. Salva-vidas, eu? Eu, que também me afogava?

Ela gostava muito de mim, eu sentia. Queria não gostar, mas gostava. Sentia prazer em apertar meu braço, apertá-lo com força. No meio da noite, quando eu acordava em seu quartinho humilde e atravancado, ela estava alisando meus cabelos com os seus dedos longos e finos. Tivera vários casos de amor em sua vida, nenhum havia dado certo. O noivo abusara dela e havia se mandado. Depois havia vivido algum tempo com um sargento da Marinha. Até que nos encontramos, por acaso, um desses encontros que apenas acontecem.

Vez por outra ela sumia, um mês, dois. Ou então era eu quem sumia. Mas voltávamos sempre. Tivera um filho, um menino miúdo e doente que – ela é quem dizia – se parecia comigo e que não viveu mais que a metade de um ano. Antes assim. Que seria dele agora? Que seria dela, que seria de nós?

Mas o fato é que a morte da criança havia tornado Maria ainda mais triste, mais desalentada.

– Ele não devia ter morrido, Gabriel.

– Que é que a gente podia fazer? Foi o destino dele. Todo mundo tem o seu.

– Mas não devia ter morrido. Agora estaria com quase dois anos.

Um dos namorados dela – ou "noivo", como ela preferia chamar – nos surpreendera juntos, e nunca mais voltara. Não tem importância, ela disse.

– Eduardo era um idiota. E o mundo está cheio de homens. Além do mais, ele nunca teve boas intenções. E tirou de mim o que podia tirar. Homem não é pra isso?

Depois, foi só amargura. Teve que deixar a casa da mãe, empregou-se numa loja de tecidos da Rua da Alfândega, depois passou a vender apólices de uma empresa predial que a polícia fechou. Deve ter feito outras coisas, mais penosas, mas ela não me conta nada. Nem eu quero saber.

Confessa que tem vontade de voltar para casa, para a vida acanhada do subúrbio, onde a vi pela primeira vez mastigando um sanduíche num boteco de segunda, os seios volumosos destoando do corpo magro e forçando a blusa de malha.

– Já pensei nisso uma porção de vezes. De voltar para casa. Mas tenho vergonha de aparecer assim, de cabeça baixa, inútil como um passarinho de asa quebrada. Não volto, mas não é por causa da minha mãe. Minha mãe é legal. É minha irmã, a carola. Você sabe como ela é.

Ia emagrecendo cada vez mais. Tem agora um rosto murcho, sem brilho, olheiras grandes, as faces encovadas; e até os seios, antes cheios e sólidos, já começavam a cair, pesados. Eu nem me lembrava mais do seu sorriso, o franco, o aberto, o de ontem. E no fundo me sentia culpado por todo aquele cansaço, aquela amargura – também eu fora só espinho em sua vida. Também havia pedido muito, recebera muito. E que havia dado em troca? Nada.

Aqui estão, pousados em mim, os olhos de Maria, tão grandes, tão tristes – mas como são bonitos! Continuam bonitos, como sempre o foram, como, tenho certeza, serão sempre. Distingo nele queixas ocultas, decepções. Mas, repito, que posso fazer? Não posso fazer nada. Não posso: já pesei todas as minhas forças, coitadas delas. Não posso.

O que mais me dói é essa esperança que, sinto, Maria tem em mim. Por quê? É um mistério. Será que ela espera que algum dia, como numa mágica, tudo se transforme, tudo seja melhor, mais claro, mais seguro? Quanto a mim, só vejo lá na frente escuridão. Sei que hoje, amanhã e depois e depois as trevas serão as mesmas, mesmas as incertezas, as aflições, as angústias. Não, as trevas não irão embora, nunca. Elas estão dentro de nós dois, de nossas vidas insignificantes e desprezíveis, profundamente incrustadas em nós. Não há sol que as mande embora.

Um dia, num prolongado desabafo (mas dessa vez sem lágrimas), Maria me disse que era impossível viver assim, nessa incerteza, sem rumo. Uma tortura.

– Já me acostumei com tudo, Gabriel. Só não me acostumo é com essa solidão. Que adianta a gente viver assim, sem ninguém? Por isso é que eu não queria que o menino morresse. Teria dois anos agora. Talvez, por causa dele, eu nem pensasse em me matar.

– Com ele vivo seria pior, Maria.

– Pior por quê?

– Um filho seria outro problema. Você sabe...

– Não me importava. Talvez fosse outro problema. Certamente seria. Mas também seria uma coisa só minha.


Maria tem dessas coisas, uns rompantes que me magoam. Mas eu sei que foi melhor que o menino tivesse morrido. ("Se vivesssse, chamar-se-ia Antônio", ela me disse uma vez. Fora o nome do seu pai. Eu queria que ele se chamasse Alfredo – e ficamos discutindo isso até que o menino morreu, sem ao menos ser batizado.)

Ontem ela me telefonou, a voz inusitadamente alegre, quase num clarim:

– Arranjei emprego. É numa pastelaria, aqui no Leme. Secretária do gerente, um português barrigudo e caladão.

À noite, parecia estar mais moça, mais animada. Eu havia recebido o ordenado, adiantei-lhe alguma coisa. "Compre uma blusa nova. Emprego novo, blusa nova." Ela riu – e era riso mesmo, sem esgares.

– No fim do mês lhe pago. Estou a zero.

– Bobagem, Maria. E se a gente fosse tomar um chopinho, lá na beira da praia, para comemorar? E se eu passasse a noite com você?

Então alguma coisa de adolescente brilhou em seus olhos negros, acomodou-se no penteado repartido ao meio.

– Seria ótimo!

Peço-lhe que dê uns passos, enquanto fico parado. Depois digo:

– Agora volte.

Ela volta, em passos imitando comicamente o desfilar amestrado desses modelos de casa de modas.

– Você hoje está outra. Parece que o português barrigudo passou você a limpo.

Ela riu:

– Bem que eu podia agarrar aquele portuga, que parece cheio da grana. Mas o desgraçado mal me dirige a palavra. É só resmungo.

Fomos ao cinema, fomos ao chopinho e, em seguida, para o quartinho atravancado, lá no Rio Comprido. Era noite de lua cheia – e a nós, naquele instante, ela parecia cheíssima, de uma singular claridade, quase um sol.

– Você não acha que hoje a lua está mais cheia do que nunca?

Novo riso:

– Claro. Cheia de nós.

Deitamos. Maria ligou o pequeno rádio de pilha (presente meu!), bem baixinho. Os bondes rilhavam, distantes. A bomba hidráulica, no edifício defronte, roncava com o barulho de um motor.

Quando fumei o último cigarro (havíamos feito amor até o começo da madrugada), Maria dormia profundamente, o lençol mal cobrindo as coxas e os seios morenos.

## O BRAVO E SUA GUERRA

**O** general olhou mais uma vez o mapa aberto sobre a mesa. Descalçou uma das luvas de couro, de forro de pele de carneiro, disse:
– Repito: é um exagero. Não percebem? Basta um regimento.

O major voltou a arregalar os olhos, cravou-os, como duas brasas, na figura sólida e atarracada de um moreno puxado, que tinha diante de si, do outro lado da mesa de campanha, algumas tábuas equilibradas em alguns caixotes de rações de guerra. Voltou-se depois para o capitão, que cautelosamente desviou o olhar. O general prosseguiu:
– Esses gringos – referia-se aos americanos, pelos quais nutria uma indecifrável antipatia – têm mania de grandeza. Pôr toda uma divisão? Paranoia pura. Basta um regimento.

Fez uma pausa, tragou forte o cigarro, disse:
– O que é que eles pensam que nós somos? Uns bananas? Uns covardes? Pois não somos. E vamos provar isso. Basta um regimento.

Segurou o lápis vermelho com a mão enluvada, debruçou-se sobre o mapa onde os números pululavam como moscas numa comida estragada, e pôs-se a explicar a sua "estratégia, simples e fácil como tudo o que se faz com vontade de fazer", como costumava dizer sempre. Agora suas palavras saíam de sua voz rouca secas e imperativas, em frases curtas e cortantes:

— Ataque frontal, a começar daqui — bateu duro com o lápis num dos números do mapa. — No começo da madrugada. Digamos três horas. É isso: três horas. Mas antes, à uma, ordem para o fogo de artilharia. Fogo cerrado e intenso, todas as baterias do regimento, está escutando bem, major? E você, capitão? Pois é. Partida às três, chegada ao objetivo final às cinco. Em quatro horas estará tudo resolvido. Vamos mostrar aos gringos que não somos uns pamonhas.

O major ia dizer qualquer coisa, mas o general atalhou com um gesto de enfado:

— Vamos, major, que já perdemos tempo demais. Prepare os seus homens. Às três quero vê-los marchando. E deixe a artilharia por minha conta.

E assim foi feito, como queria o general. À uma hora, a barragem dos canhões e morteiros, não muitos, explodiu na branca e calada madrugada daquele inverno branco e calado. Às três, após algumas breves palavras que pretendiam ser duras, o major ordenou que suas tropas avançassem. O regimento se deslocou, num todo, mas minutos após continuava quase no mesmo lugar, sob o cerrado fogo do inimigo. Às cinco, também. Às seis, quando o sol já se anunciava, tenuemente, por detrás dos cabeços cobertos de neve, o major viu que aquilo ia continuar indefinidamente; e que, quando o sol surgisse de vez, dali a pouco, seus soldados estariam a descoberto, com o inimigo comodamente instalado nas cristas e eles a descoberto, agrupados como um alvo fácil no mais fundo do vale.

Uma decisão havia que ser tomada. ("Ele veio aqui para ganhar a guerra sozinho. Eu, não. Não posso brigar

dessa forma – não é assim que se briga numa guerra.")
Então o major ligou o telefone de campanha para o general, que aguardava a marcha dos acontecimentos no seu aquecido QG, a três quilômetros da frente. Engrossou a voz, disse:

– General, não é possível. Não demos ainda um só passo. E não vamos poder dar. Estamos debaixo de um fogo que não nos deixa morrer. Acho que o jeito é recuar.

O general respondeu; o major notou um certo tom de desdém na voz rouca:

– O senhor é quem sabe. Nunca em toda minha vida dei uma ordem de recuar. O senhor faça o que achar melhor. Se diz que não pode avançar, que recue. O regimento é seu.

O major não tinha alternativa: não havia "o melhor", havia o que devia ser feito. E o que ele tinha de fazer, e o mais depressa possível, era abandonar aquele inferno, antes que fosse tarde demais. Já havia muitos feridos entre seus soldados, e alguns já quase mortos. E havia também alguns mortos.

Os padioleiros ainda tentaram levar os mortos que haviam caído logo no primeiro e último arranco do regimento, mas o inimigo jogou sobre eles granadas e o fogo cruzado das metralhadoras, de forma que os corpos tiveram que ficar ali, estendidos na neve, até que durante a noite alguma patrulha os viesse buscar.

À ordem de recuar, os soldados escorregaram pela fralda, espalharam-se aturdidos pela "terra de ninguém" e já não era possível dar qualquer ordem.

Quando o major chegou de volta ao QG, olhos ardentes incrustados no carvão das olheiras, o general o recebeu de braços cruzados, fisionomia carregada, no centro do grupo formado pelos seus subordinados mais diretos. Ao notar, porém, o rosto crispado do major, trocou o ar grave por um leve sorriso, o que fez seu rosto redondo e moreno ainda mais bonachão. E antes que o major pronunciasse a primeira palavra (e o major pretendia dizer mais de uma, uma centena delas, todas duras), o general falou:

— Assim é a guerra, major. Um jogo. Como no *bridge* ou no pôquer. Nem sempre se ganha. Eles tinham melhores cartas. Imaginei um blefe. Não deu certo. Mas da próxima vez, lhe garanto, o baralho vai ser todo nosso. Vamos depená-los.

Falava sempre assim, homem fronteiriço que era, em termos de carteado – pois a sua teoria, defendida com ardor na cabeceira da mesa comprida, quando dos enormes e intérminos almoços no QG, aos sábados, era de que "a guerra, como tudo na vida, é apenas um jogo, onde a sorte vale mais que qualquer outra arma de que possamos dispor". Naquele instante, ao escutar mais uma vez a velha tirada que já sabia de cor, o major pensou em responder (como já pensara em vezes anteriores) que se a guerra era um jogo, ele, general, não entrava nele. Ficava de fora, como um crupiê ou dono do cassino. Mas calou-se. Vinte e tantos mortos largados na neve – e o frio dos vinte e tantos mortos e mais o frio da neve apertavam a sua garganta com tal força que lhe era quase impossível respirar.

O general calçou as luvas de couro forradas de pele de carneiro, fechou-se até o último botão no capote pesado, fez uma ligeira continência e deu uma última ordem, num tom de voz de quem estivesse a pedir uma trivialidade (mais açúcar no café, por exemplo):

— Bem, creio que por hoje é só. Não foi um bom dia, mas virão melhores, Agora, meus senhores, vou descansar um pouco. Mas antes beber um bom copo de vinho, que o frio está de rachar. Até mais tarde, senhores. Até amanhã, major.

Caminhou em direção à porta, voltou-se, encarou o major – agora novamente na sua voz rouca, voz de comando:

– O senhor me dará amanhã o nome dos mortos e feridos. Serão todos citados por ato de bravura. Talvez até condecorados.

Saiu, batendo a porta com força.

Assim era o general. E aquela era a sua guerra – a que ele sabia fazer, a que ele queria ganhar à sua maneira, à maneira dos bravos, com a simplicidade e a clareza das coisas que se tem vontade de fazer, que devem ser feitas.

# ISMAEL

A mãe espera-o na porta. Ele vem ofegante e, no batente da casa, olha com alegria a ladeira escorregando até lá embaixo.
– Você hoje demorou.
Ismael descansa o tabuleiro em cima do peitoril da janela. Mas os olhos lá estão na cúpula da igreja que faísca, que é como uma fogueira que o sol fez.
D. Elvira torna:
– Por que demorou tanto?
Ismael volta-se, manso:
– Estava na igreja.
A mãe se espanta, não compreende.
– Na igreja?
– Vou todos os dias. Hoje custei mais porque tinha uma porção de velhas cantando. Fiquei vendo.
A mãe deita o tabuleiro em cima do banco de madeira da sala. Conta a sobra, faz cálculos. Pergunta:
– Seu Marinho comprou as bolachinhas?
– Só dez.
D. Elvira faz um rosto meio triste, contrariado:
– Será que os filhos deles já enjoaram?
Há agora, na torre, reflexos de ouro vermelho. O sol morre por detrás do Boeiro. De longe chegam sombras

carregadas, correndo como enormes asas negras, apagando os últimos vestígios do dia.
— Fez três e duzentos, não foi?
Ismael tira os níqueis da bolsinha de couro, junta-os na palma da mão.
— Três e cem. Comi um bolo.
A mãe conta o dinheiro. Faz novos cálculos mentais.
— Até o fim da semana preciso de mais quinze mil-réis. E hoje já é quinta-feira. O tempo está voando. Você tem que fazer uma forcinha.
Ismael entra na sala, senta numa ponta do banco.
— É preciso pagar a escola dos meninos: vinte mil-réis. Tem mais quatro mil-réis para o aniversário da professora, que eles disseram que todo mundo vai dar.
Ismael não fala.
— A mulher de seu Heliodoro ainda não me pagou a lavagem deste mês. Amanhã vou na casa dela.
D. Elvira entra com o tabuleiro. Ismael vem para a porta, senta-se no batente. O Lagarto, lá embaixo, é uma coisa morta, com os coqueiros parados, a igreja muda e imensa. A barra do céu está ensanguentada. Urubus voam alto, fugindo da noite para os abrigos altos. Ismael deixa-se envolver pelo silêncio completo, não se mexe, ele também faz parte do silêncio. Muito longe, as plantações são verdes e certas. Um verde escuro, agora, porque algumas sombras já se misturaram com as folhas no alto das colinas de curvas macias. Os primeiros candeeiros começam a tremer, aqui e ali. O carro de boi geme, geme, arrastado pelos animais lerdos, e deixa atrás de si dois rasgos profundos e úmidos, cavados na areia da rua incerta.
D. Elvira chama de dentro.
— Ismael, vá comprar querosene.
Quando o marido morreu, d. Elvira viu logo que não podia ficar na cidade. Além dos três filhos, Pedro Emílio

nada deixara. Trabalhava na roça dos outros, de aluguel, na colheita do fumo dos sítios vizinhos. Nunca economizara coisa alguma, porque era impossível economizar tão pouca coisa. O dinheiro minguado sumia-se no sustento da casa. Por isso, d. Elvira arrumou os velhos móveis e trastes no carro de boi do vizinho, mudou-se. Vieram todos para aquela casinha do Santo Antônio. Quarenta mil-réis por mês sempre se arranjavam. Saiu logo pela vizinhança, se oferecendo: lavava e engomava. Era preciso, porque não podia continuar com a freguesia da cidade. Sentia-se incapaz de descer aquela ladeira todos os dias, com a trouxa na cabeça. E a cidade ficava longe.

Mas no fim do primeiro mês viu logo que não dava certo. Tinha mesmo que continuar lavando para os fregueses da cidade. Quando seu Jorge veio cobrar o aluguel, só levou a metade. Não disse nada, levou o dinheiro, mas ficou de vir buscar o resto dias mais tarde. Então d. Elvira chamou Ismael, o mais velho, e acertou o plano. Ela faria doces, ele os venderia na cidade. Ismael sempre falou pouco. Ouviu calado, disse somente que sim, balançando a cabeça.

— Seus irmãos estão na escola e não podem sair. Sai você que é o mais velho. E dentro de casa eles não servem para nada.

Ismael ficou triste. Não iria mais à escola, não aprenderia mais nada, não teria mais lápis de cor? O plano de ser doutor, tantas vezes sonhando, pareceu-lhe cair por terra, subitamente.

A mãe leu isso nos seus olhos:

— Não, meu filho. Você não vai ficar sem aprender para o resto da vida. Aprende comigo até eu poder botá-lo de novo na escola. De noite, enquanto faço os doces, ensino o que sei.

Nos primeiros dias, sentiu falta da escola. Mas foi se acostumando. Voltava cansado da rua, mas alegre. De noite, enquanto os irmãos dormiam nas camas de varas, ficava na cozinha a decorar as lições, riscando a lousa com números e traços. A mãe atiçava o fogo, remexia os doces espalhados na chapa quente. A lenha seca estalava dentro das chamas.

Quando a fumaça era muita e inflamava os seus olhos, Ismael vinha para a porta. E ficava perdido na escuridão, navegando num mar de tranquilidade e sonho, os olhos lá embaixo onde a cidade dormia, vacilante nas luzes dos lampiões.

Pedrinho e Júlia apontaram no começo da ladeira. Ela vem vestida com a farda usada, as tranças finas e negras escorregando pelo pescoço magro. Para uns instantes na porta de d. Amélia, bole com o "louro" que nunca se cala, corre para alcançar o irmão que já vem perto. Pedrinho carrega a bolsa de oleado preto descosendo nos cantos.

Chegam alvoroçados em casa e Júlia vem para perto de Ismael contar os casos da escola.

– Hoje teve um doutor lá. A gente cantou o hino. Depois a professora saiu com o doutor e os meninos ficaram pintando o sete.

Por uns momentos, a visão da escola enche os olhos de Ismael. Meninos e meninas, entrando e saindo, gritos, brigas. Um cheiro morno e penetrante de livros novos, de papel limpo, de madeira de lápis. Os olhos mortos de Josefina. A professora estridente explicando as lições difíceis, desenhando figuras no quadro-negro, fazendo contas. Depois, o recreio – uma algazarra infernal. Mundo encantador que ele gozara por pouco tempo. Agora, em vez da sala clara, de paredes enfeitadas de mapas, a cozinha enegrecida pela fumaça de todos os dias. E em vez da professorinha nova e asseada, parecendo uma menina no vestido branco, a mãe gasta e suja, as faces esbraseadas pelo calor do fogo, a voz sufocada pela cinza e pelo fumo.

É manhã cedo, sol ainda novo no céu, e Ismael vai pela ladeira abaixo, assoviando, o tabuleiro na cabeça, os tamancos metidos nos bolsos traseiros da calça – nus, os pés escorregam menos nas lajes frias e limosas. A cidade está acordando. Homens aparecem nas portas das casas de janelas ainda fechadas, camponeses passam, meio adormecidos, em cima dos cavalos mancos. Ismael para na Praça do Mercado, sob o grande pavilhão, fica a ver o ajuntamento do pessoal para a feira da semana. Chegam mais camponeses tangendo cavalos. As batatas vão se acumulando em montes. Galinhas cacarejam nos caçuás, saguis ganem desesperados. As postas de carne, ensanguentadas, estendem-se pelas mesas úmidas e malcheirosas, o sangue molhando as mãos dos homens, desenhando pequenos rios rubros no chão de tijolos incertos. Mulheres falam, discutem, e a tapioca, muito alva, brilha nos sacos bem-arrumados e limpos. Vaqueiros de chapéus de couro examinam as dentuças brancas dos animais espantados, batem no lombo dos cavalos, acariciam as crinas aparadas. Da pensão de Rumbem Ema vem um cheiro convidativo de café e pão fresco. E na porta do Boa Esperança, seu Marinho palita os dentes e cospe grosso.

De repente o sino da igreja começa a badalar os primeiros sons do dia. É um toque sonoro e forte que envolve tudo, perdendo-se longe, no começo das encostas do Boeiro.

Ismael levanta-se, põe o tabuleiro na cabeça, sai por entre o povo da feira. E enquanto dentro dele alguma coisa canta como um sino, vai gritando com a vozinha aflautada:

– Pé de moleque! Olha o pé de moleque!

Seu Marinho acorda cedo. Vem caminhando devagar pela rua deserta, os pés metidos nos tamancos grossos, paletó de alpaca preta alumiando no sol novo. Abre a velha porta do Armazém Boa Esperança (fundado em 1896), penetra na sala escura. Há uma correria aflita de ratos e um esvoaçar de baratas tontas. Seu Marinho solta a mesma imprecação de todas as manhãs ("Estas pestes não acabam nunca!") e vai dependurar o paletó no cabide, por detrás da monumental secretária entulhada de papéis e caixinhas.

Vem depois para a porta. Senta-se na cadeira de assento de pano, fica olhando para a praça gramada, quase sem ninguém. É uma mania antiga essa que ele tem de acordar com o dia e ficar ali, na porta do armazém, cumprimentando os primeiros passantes, acompanhando com os olhos satisfeitos o desfilar das mulheres de preto que entram na igreja.

Ismael surge no outro lado da praça – e Ismael é um espetáculo cotidiano que seu Marinho conhece bem. No fundo, chega mesmo a admirar a coragem daquele menino que acorda com a madrugada, que trabalha o dia inteiro para ajudar a mãe viúva e os irmãos menores. Um dia seu Marinho chegou a ter uma ideia que, sem dúvida, ainda porá em execução. É a de chamar Ismael e lhe oferecer um lugarzinho de caixeiro no Boa Esperança. Não pagaria muito. Uns sessenta mil-réis, talvez menos, quem sabe? Mais ele não lucraria vendendo doces na rua. Mais tarde, talvez, poderia aumentar o ordenado. Tinha certeza de que aquele menino franzino e de olhos grandes, calado como uma coisa morta, não o desapontaria.

As bolachinhas hoje estão meio queimadas:

– Lá sua mãe me torrou as bolachas, Ismael!

Ismael escuta calado, faz menção de dizer alguma coisa, mas não fala.

– Só quero dez.

— Dez?

Lembrou-se da pergunta da mãe: "Será que os filhos de seu Marinho enjoaram das bolachinhas?"

— Só dez? Os meninos já enjoaram, seu Marinho?

— Não, Ismael. Você já viu menino enjoar de doce? É que Antônio está na fazenda. Agora tenho que comprar menos, pois ele é quem come a metade.

Ismael fica alegre. Seu Marinho enrola com cuidado as bolachinhas, põe o embrulho no bolso do paletó. Senta-se novamente e fica olhando o cuidado de Ismael, todo perdido na arrumação do tabuleiro. E quando o menino vai se despedir, seu Marinho chama-o:

— Espere aí, Ismael. Quero lhe fazer uma pergunta.

Ismael desce de novo o tabuleiro, fica esperando.

— Quanto você vende por dia?

Ismael faz uns cálculos rápidos com a memória e responde:

— Uns dois mil-réis. Às vezes faço mais, quatro ou cinco mil-réis. Mas também tem dias que não faço nem mil e quinhentos. Depende...

Seu Marinho pensa: dois mil-réis. Por mês, são sessenta. Tirar dinheiro para a tapioca, para os ovos, a puba... Talvez nem quarenta.

Pigarreia.

— Bem, Ismael. Você já deve andar farto de subir e descer rua, não é? Quer trabalhar comigo, aqui no armazém? Pago sessenta mil-réis por mês.

Ismael abre muito os olhos, a boca começa a querer dizer uma porção de coisas, mas a língua é de pedra. Sente-se sufocado. Caixeiro! Sessenta mil-réis! A mãe vai morrer de alegria.

Seu Marinho nota o embaraço do menino. Faz um rosto sério, acrescenta:

— Vá, vá, fale com sua mãe. Se ela aprovar, pode

145

começar amanhã logo. E é para chegar aqui às sete horas, ouviu? Às sete em ponto.

Varre o cimento com força. A poeira brinca nas réstias de sol que caem do telhado, amontoa-se nos armários, altos e antigos. A vassoura é incansável. Vai até debaixo dos balcões, volta trazendo uma infinidade de pequenas coisas – arame, carretéis, botões, pregos. Os papéis ainda novos não os joga fora – ouvira bem a recomendação de seu Marinho:
– Papel também custa dinheiro, menino.
Enrola-os com cuidado e guarda-os. Depois, com um pano molhado, sai a limpar as prateleiras, esfregando com força as nódoas de tinta e de óleo.
Terminada a limpeza diária do Boa Esperança, Ismael lava as mãos, arregaça as mangas da camisa de zuarte, abre as outras portas ainda fechadas, vem pra trás do balcão desembaraçar o emaranhado de cordões e barbantes, restos de embrulhos de lixa e pregos que o caminhão trouxe da capital.
Manhã cedo, poucos são os fregueses. Alguns meninos que vêm encher de querosene as garrafas, negrinhas de vestidos sujos que compram creolina e manteiga.
Com poucos dias de trabalho, Ismael já aprendeu todos os mistérios do armazém – sabe do lugar certo de todas as coisas, o preço de tudo. Apenas tropeça, de vez em quando, no nome de alguma mercadoria, indecisão que seu Marinho conserta, apontando com o dedo, nas prateleiras entulhadas, o lugar certo:
– Ali, seu Ismael.
E enquanto sobe na velha escada de degraus gastos, Ismael aproveita para ir tomando conhecimento de certas caixinhas vermelhas que ainda não sabe o que guardam,

de alguns embrulhinhos virgens e misteriosos que ele suspeita levemente serem de cola em barra, das finas. Decora os nomes, as duas ou três letras que escondem o custo e o preço atual de tudo: do pincel, do quilo do prego, da enxada inglesa, da tinta em pó, da goiabada em lata, da terebentina. Já sabe salteado o código, toda a conversa muda e difícil da palavra "Pernambuco". Sabe, por exemplo, que Po quer dizer 10$000, que Aao vale 5$500. E para ele é um motivo de grande orgulho saber os mistérios da casa, como o próprio patrão. Ainda tem nos ouvidos a advertência de seu Marinho:

– Veja bem, rapaz. Isto não pode passar a outro, hein? É somente para uso interno, ouviu?

Passar a outro? Nunca! Somente para o uso da casa, e a casa era algo sagrado, algo que pedia respeito e proteção. A casa não era somente seu Marinho, não era somente ele. Eram também aquelas prateleiras que tinham vindo de outros donos, mais velhas do que ele e do que o patrão, era o depósito entupido de caixões vazios e, principalmente, a placa de cobre pregada na frente. Era o velho toldo de lona que ele descia nos dias de chuva. E eram também os fregueses – sim! Ali dentro, ele era somente um pequeno soldado, senhor e responsável pela limpeza dos armários, pela alegria dos fregueses, pela ordem do balcão. Enchia-se de orgulho quando seu Marinho orientava um freguês, apontando para ele:

– O senhor tenha a bondade de falar ali com o nosso auxiliar. Ele mostrará o que o senhor deseja.

E ele mostrava. Chamava a atenção do freguês para a marca estrangeira. Às vezes era qualquer coisa barata. Não se importava. E outras vezes tinha até de subir a escada, ir lá em cima do armário, remexer embrulhos até encontrar a mercadoria pedida. Alegrava-se com isto. Lá de cima olhava vitorioso o freguês, depois descia rápido, estendia no balcão a mercadoria que ele encontrara, que ele ia vender!

Seu Marinho, quando não tem o que fazer, senta-se à escrivaninha e fica acompanhando a atividade de Ismael. É um sobe e desce apressado, sem descanso, durante o dia inteiro. O negociante velho gosta de ver isto. O menino é a sua própria imagem há já não sabe quantos anos atrás, quando era simples caixeirinho do Oriente, no Riachão. Às vezes se perde numa contemplação mais demorada, deixando que um sorriso satisfeito cresça nos lábios secos e manchados de sarro. Ismael surpreende o patrão nessa atitude, com os olhos em cima dele. Fica meio embaraçado, tosse sem vontade, arranja qualquer coisa para fazer longe da vista de seu Marinho. Se não fosse aquele riso alegrando o rosto era capaz de pensar que seu Marinho pegara-o em qualquer falta. Chegou a pensar assim nos primeiros dias. Mas procurava o desleixo, a culpa, e não encontrava nada. Até que uma tarde, ele já ia fechar as portas do armazém, seu Marinho chamou-o e pediu notícias de sua mãe. Era coisa que não acontecia sempre, que só acontecia quando o patrão queria começar outra conversa diferente. Ele respondeu que a mãe ia bem, mas ficou esperando que seu Marinho falasse mais. E o patrão falou, pigarreando:

— Você sabe que eu também já fui caixeiro, não sabe?
Ismael balançou a cabeça: sabia.
— Fui caixeiro no Riachão. E aqui mesmo também. Tinha menos da sua idade...
Põe os olhos sem brilho em Ismael:
— Que idade você tem?
— Catorze anos.

— Pois é. Eu tinha doze. E era o seu retrato, sempre fui magro.

Depois muda a expressão do rosto, pigarreia mais profundamente. Fica sério como se fosse passar uma repreensão:

— Apenas um pouquinho mais trabalhador, ouviu? Um pouquinho mais.

Ismael baixa a cabeça, atrapalhado. Seu Marinho levanta-se:

— Bem, vamos embora. Pode fechar.

Pega o paletó de alpaca, veste-o e sai a caminho da porta. Mas antes de chegar à rua, volta-se para Ismael:

— Olhe, diga à sua mãe que para o mês você vai ganhar mais dez mil-réis, entendeu?

E desaparece. Ismael fica atônito, sem compreender. O menino rosado, no reclame do sabonete Dorly, ri para ele. E ele também ri.

# HISTÓRIA BRANCA

Tinha um medo: de morrer à noite, quando as sombras tivessem apagado o mundo, quando lá fora fosse apenas uma placa escura, duas ou três estrelas baças, o clarão mortiço da luz do poste defronte. Não, não seria assim, não podia ser, sabia. A morte é certa, está cada vez mais próxima, vem vindo sempre. Mas não seria também certo que podemos adiá-la por algumas horas, alguns dias, talvez alguns meses? Bom que assim fosse, pensava.

Recordava o tempo passado como as cenas de um filme extremamente rápido, onde tudo parecia correr aflitivamente em direção a algo que até bem pouco ele desconhecia, mas que agora se mostrava pungentemente revelador e nítido, naquele final de vida tão idiota. Os olhos de Emengarda, os campos do Lagarto, a voz rouca de tio João enchendo o quarto entre um pigarro e outro. Algumas vezes – talvez sonhasse, talvez não – percebia Marta debruçando-se sobre a sua cama, o decote largo, os seios que desafiavam o tempo, como feitos de pedra. Era um convite – os olhos, os seios, a boca, todos chamando:

– Levante-se e venha.

Não podia. O peito vazio como um tambor, os músculos sem força. As lágrimas escorriam ardentes, dois rios de fogo. Na parede da sala de jantar, o relógio já não ligava para o tempo: gotejava minutos e horas, apenas.

Emengarda... Aqueles olhos já haviam sido seus, coisa perdida para sempre. Podia sentir ainda o calor dos seios em suas mãos. Mas então as mãos eram inquietas, adolescentes, que se aprofundavam no decote e apertavam, nervosas, ávidas, a turgidez que se entregava. Ignorava o relógio, não contava os minutos, desafiava. Os ventos soltos da Praia Formosa – e todos os ventos costumavam marcar encontro ali, na beira do mar – batiam no peito descoberto, como se pretendessem inflá-lo como faziam com as velas dos saveiros; e o sol enlourecia seus cabelos, a salsugem punha escumas em seu corpo.

– Levante-se. Venha.

Não, não podia – agora tinha certeza de que não se levantaria mais. A irmã escutava a sua tosse persistente, convulsa, vinha até o quarto:

– Está sentindo alguma coisa, maninho? Quer seu remédio?

Escondia a cabeça no travesseiro. A voz da irmã lhe chegava irreal, apagada:

– Paciência, maninho. Logo você estará bom. "Questão de um mês", disse dr. Lobo.

Deixava-se às vezes dominar por raivas súbitas, como as que deve ter todo prisioneiro. Tinha ódio principalmente da teimosa cantilena que insistia em lhe chegar lá de fora, num tumulto de vozes infantis:

*Qual é aquela que o senhor escolhe?*
*Vou-me embora, vou-me embora...*

Emengarda? Não. No fundo, a solidez de Emengarda lhe dava medo. Talvez escolhesse Isaura, de grandes olhos de um azul machucado, os pequenos seios que jamais cresciam, os lábios sem vida, como os das freiras.

Quando a dor aumentava, sentia que nada mais podia ser feito, que não havia sentido algum em continuar assim, amarfanhando os lençóis, torturando-se com lembranças de uma vida que fora sã e amiga, mas que não podia ser reconquistada. Iria embora, tinha que ir.

Na metade da noite (o relógio, incansável, pingando no silêncio como uma torneira mal fechada) tudo lhe parecia muito confuso: lembranças, vultos, vozes, retalhos de paisagens; e particularmente aquele trem que corria sobre nuvens, sem qualquer ruído, apenas um roçar suave, como uma criança descalça pisando a grama. Para onde corria aquele trem, aonde pretendia chegar?

Foi na última noite (ou na penúltima, ele jamais iria saber) que Magnólia lhe apareceu de súbito, ali no quarto, Magnólia esquecida, agora apenas um vulto leitoso como a pupila de um cego. Quando a conhecera?

– Foi no começo, Jorge. Você ia para a escola vestido de marinheiro. Lembra-se? Você me esperava na esquina. Depois eu tive sarampo e morri.

Magnólia? Não se lembrava de nada, era como se estivesse escutando uma história pela primeira vez. Mas permaneceu de olhos presos na figura evanescente que os sentidos quase apagados em vão tentavam corporificar.

– Eu já morri há muito tempo. Você não sabia?

Era ela! Quis gritar, segurar Magnólia pela mão, não deixar que ela fosse novamente embora. Mas logo a visão se extinguiu, restou somente a escuridão. E nela mergulhou novamente.

Não voltaria nunca mais.

# ONDE ANDARÁ ESMERALDA?

Lá no fim da Rua da Vitória o sol é um grande círculo ensanguentado. Paramos por um momento na venda da esquina – Margarida bebe um copo d'água e eu compro cigarros. Depois, recomeçamos a caminhada. Margarida tem as faces vermelhas e um suor ralo brilha na fronte larga que o cabelo puxado para trás torna maior. Já devem ser cinco horas – as mocinhas e os homens que voltam das fábricas enchem a rua comprida, ruidosos como colegiais.

A Rua da Vitória, olhada do princípio, parece não ter fim. É comprida e incerta como uma estrada. De dia o sol violento cai furioso sobre a areia preta, arranca pequenos raios das pedras e dos cacos de vidro espalhados no chão, brilha nas vidraças das casas menos pobres – a Rua da Vitória, sob o sol forte, é toda um lantejoular que encandeia os olhos. As casas são humildes e raquíticas, de paredes de reboco e cobertas, quase todas, de uma palha que o sol já empreteceu e que o vento, nas noites de trovoada, arranca com raiva. Ali moram operários, carroceiros, estivadores do cais, empregados inferiores da estrada de ferro. E mulheres alegres, mulheres alegres e pintadas. De noite os sons machucados dos violões fogem de suas casas, fogem como vento brando e andam por toda a rua até se perderem no Alto da Areia. São sons tristes, que uma voz qualquer e pouco afinada ainda mais entristece. No Bar Esperança, todas as noites, os carroceiros confraternizam com os estudantes e as mulheres livres. Bebe-se muito, canta-se, os estudantes fazem discursos e falam alto. Quando há arruaça, briga de mulheres ou ciumadas de estivadores, a patrulha desbarata os grupos, enxota as mulheres e os rapazes. Os violões vão para dentro das casas e a doce paz do céu desce sobre a rua, que suou o dia inteiro, suou como o seu próprio povo, que dorme e ama sob as palhoças doentes. Há também homens negros ou morenos que, altas horas da noite, cantam e tocam na porta de alguém. É uma música que corta a noite com um talho profundo de tristeza, música que parece chegar de um lugar ignorado, de qualquer recanto do mundo perdido e misterioso. A gente vê logo que aquele canto sobe de um coração doente, um coração onde as angústias e os desejos estão acumulados como nuvens negras de uma tempestade que virá mais tarde.

Um dia eu fiz uma serenata assim na porta da casa de Margarida. Ela já morava nesta casinha de agora, branca casinha enterrada na areia alva do Alto de São Cristóvão. Eu e mais dois amigos cantamos muito pela madrugada adentro. Havia uma grande lua no céu, e Pedro, que tocava o violão, improvisava versos para as velhas canções que estávamos ressuscitando.

No outro dia Margarida me pediu:

– Não faça mais isto, por favor.

– Por que, benzinho?

Voltou-se para mim.

– Veja os meus olhos.

Os olhos estavam vermelhos e inchados. E as olheiras roxas haviam crescido. Margarida explicou:

– Chorei todo o resto da noite.

– Chorou? Por quê?

– Sei lá. Mas não faça mais, viu?

E durante o resto da tarde, por mais que eu cantasse e sorrisse, Margarida continuou triste e calada.

Quando a chuva vem e despenca sobre as palhoças e sobre a areia, a Rua da Vitória morre de repente. A água cria lagoas no chão negro, encharca a grama rala dos lados. Os meninos nus e barrigudos se confundem com a lama – são crianças cheias de vermes e mal alimentadas, de grandes olhos ansiantes e aflitos. Crianças heroicas que escapavam da tuberculose e do impaludismo, da disenteria e que trouxeram dos primeiros dias de vida esta fragilidade de eternos convalescentes. Mais tarde, quando eles cederem aos sapos a lama podre e grossa, virão para casa tremendo de frio. A sezão povoará de duendes os seus sonhos infantis. E, pela manhã, seus olhos estarão maiores e os seus corpinhos mais frágeis.

A Rua da Vitória entristece com a chuva. À noite, então, esta tristeza parece crescer de súbito. Os homens e as mulheres recolhem-se cedo. O Bar Esperança fica deserto – as poucas pessoas que se aventuram a ir lá ficam encolhidas nas mesas do fundo, fumando ou bebendo a cerveja quente e velha. A tristeza rouca dos sapos substitui os violões calados. E os pingos grossos martelam as palhas secas, cavam buracos e inventam riozinhos na areia fofa e preta. A Rua da Vitória, dentro da chuva, fica quieta como um cemitério.

Depois, quando o aguaceiro passa, sobe da terra um cheiro acre – um cheiro de lama que vem do chão e dos meninos sujos. Os baratões e as mariposas rodopiam loucos em torno das luzes dos postes. Luzes baças como chamas de candeeiros e que não conseguem expulsar as sombras que a noite trouxe. Nuvens de mosquitos zumbem sobre as pequenas lagoas nascidas com a chuva.

Margarida nasceu na Rua da Vitória. Quando passamos pela casinha baixa, de paredes amareladas e de janelinha retangular, ela para e aponta.

— Foi ali que eu nasci.

E fica por muito tempo assim, calada e pensativa – os olhos intranquilos ganharam agora uma imobilidade serena. Não a perturbo no seu silêncio. Encosto-me num poste de madeira, deixo que os olhos corram até o fim da rua – por detrás da chaminé alta das oficinas há um começo de noite que vem se alastrando. Depois, Margarida suspira, olha em redor, descobre a capineira defronte, maltratada e descuidada:

— Já brinquei muito ali com Esmeralda...

Novo silêncio. A tristeza volta repentinamente aos seus olhos. E a pergunta que Margarida me faz é ansiante como um pedido de socorro:

— Esmeralda ainda será viva?

Fico sem saber o que responder. Nem sei mesmo quem é Esmeralda. Margarida também não insiste. Pega no meu braço e chama:

— Vamos andando.

Mas, inexplicavelmente, Esmeralda me domina o pensamento. Vejo-a menina e lambuzada, rastejando na lama da rua, vejo-a correndo pela capineira verde e grande, vejo os seus cabelos brilharem ao sol – como teriam sido os cabelos de Esmeralda? E, depois, vejo-a operária da fábrica de tecidos, bonita mas anêmica, os seios pequenos, fracos, as faces pálidas – e aos meus ouvidos chega, misteriosa e soturna, a estranha música dos teares, que nunca se cansam. Onde andará Esmeralda? O mundo é vasto, os caminhos são muitos e se embaralham, milhares são as tentações e as armadilhas – onde andará Esmeralda?

Volto-me para Margarida e procuro os seus olhos. Mas, abertos e intranquilos, eles nada respondem. Como os meus, também eles perguntam, cheios de aflição e medo, pelo paradeiro de Esmeralda. A noite não tardará a cair, o começo do céu está cheio de sombras. Meu Deus, como poderemos encontrar Esmeralda no meio de tanta escuridão?

## UM DESTINO PARA LÍDIA

A chuva começou a cair precisamente quando voltei do jantar e me estirei na cama, depois de ter tirado as calças, os sapatos e o paletó. Fiquei a escutar o gotejar sem ritmo da água na placa de zinco que cobre a claraboia, lá em cima.

Desde as seis horas que a noite se havia feito, escura e fria. Logo cedo o céu havia tomado aquela cor cinza; e nas ruas as pessoas olhavam para o alto, ansiosas e apressadas. Um vento frio começou a soprar, portas e janelas batiam com força, o vestido leve colava no corpo das mulheres e mais de um chapéu saltou da cabeça do seu desprevenido dono e saiu a correr com o vento pelo asfalto escuro. Muitas pessoas já se mostravam como que encapuzadas, algumas com a gola dos paletós cobrindo o pescoço e protegendo-o da friagem. A chuva não tardaria a cair.

Arrumei a papelada dispersa sobre a mesa e olhei o relógio grande do escritório, que naquele momento marcava exatamente cinco e trinta. E, simultaneamente, como numa combinação mútua, os meus outros cinco colegas fizeram o mesmo – e logo saímos num bando único e calado. O chefe ainda ficou lá, possivelmente a remexer gavetas, a conferir saldos e débitos, grossos óculos de aros de metal.

Eu já ia atravessando a rua quando alguém me gritou:
— Não se esqueça, hein? Quero ler.

Era Arnaldo, meu vizinho de mesa, muito branco e magro, agora sumido na folgada capa cor de chocolate. O que ele queria ler era o meu conto, que prometera lhe mostrar pela manhã. Quase respondi que iria trazê-lo no dia seguinte quando me lembrei, com uma pontada no coração, que ainda não havia encontrado um destino para Lídia. Respondi:
— Tenho que datilografar. Você não iria compreender minha letra.
— Traga assim mesmo. Você...

O ônibus resfolegou forte e a porta de aço do armazém desceu com o barulho de uma parede desmoronando. A voz de Arnaldo perdeu-se em meio a todo aquele barulho, mas não foi difícil compreender que ele queria que eu levasse o conto assim mesmo, em manuscrito. E o conto é uma história banal, de personagens comuns, e para a qual, por mais que me esforce e gaste papel, estou custando a encontrar um desfecho que sirva — sirva à história, sirva a mim e sirva à Lídia, o que no momento me tortura e me deprime.

O começo até que havia sido fácil. Arranjei com certo jeito o namoro de Lídia com um bancário, e o idílio de ambos, com sugestivos diálogos, dera para encher bem umas cinco laudas do bloco comprado especialmente. Mas eis que, abruptamente, o rapaz se transforma num beberrão da marca maior, e Lídia, naturalmente, já não pode ver nele, assim tão modificado, o marido ideal. Muito choro — mais ou menos uma página. Bilhete do rapaz prometendo uma regeneração total e pedindo que ela o aceitasse de volta — mais duas laudas. Resposta de Lídia, que tudo estava acabado, que não havia mais jeito, que ele fosse procurar outra — outras duas laudas. E pronto. O conto emperra aqui; por mais que recorra à mente não diviso um meio de encontrar para ele um fim que me satisfaça. E que, o que é mais importante, satisfaça a quem o venha a ler, se é que isso acontecerá algum dia. Terminá-lo assim, meio no ar, depois de tanto amor e de tanto choro, não creio que seja cabível em literatura digna desse nome. E escrever contos, acho eu, não é simplesmente encher dez ou vinte folhas de papel com a história de um amor que não é nem o único, nem o primeiro acontecido neste mundo, tão repleto de amores outros, e tantos maiores, mais patéticos e mesmo mais desgraçados.

Mas, afinal, quem é Lídia? Fácil descrevê-la: uma criaturinha banal, de pele um tanto sardenta, cabelos sempre puxados para trás, desse tipo miudinho, pequenos seios arrebitados, olhos grandes e de um verde puxando para o cinza – o retrato, enfim, de milhares e milhares de criaturas semelhantes, dessas tantas com as quais esbarramos na rua. Quanto aos motivos da súbita transformação do namorado, explica-se: havia desviado dinheiro, coisa pouca, do banco onde trabalhava e fora despedido, apesar de o pai ter reposto a quantia subtraída, e subtraída aos pouquinhos, cada dia alguns poucos cruzeiros. Como veem, tudo muito banal, sem qualquer novidade e muito menos sem qualquer grandeza. Conto não é isso, repito. Mas que fazer? Já que comecei a escrever a história de Lídia, terei que ir até o fim, embora não saiba como.

A chuva começou a cair. Um vento frio parece vir das paredes e lá em cima, no telhado, o gotejar da água é persistente, embora acariciante. Puxo o lençol até o pescoço e fico a olhar para o teto, quase invisível na penumbra que envolve o pequeno quarto da pensão onde moro. Imagino que uma porção sem conta de pessoas –

homens, mulheres, crianças – deve estar lá fora, na noite fria e intratável. Porteiros de cinemas, vigias de bancos, guardas-noturnos, mendigos sem teto, meninos sem pais. Imagino mais que na casinha do subúrbio a água também pinga na varanda e começa a improvisar um rio na areia do quintal exíguo. O menino magrinho pergunta pelo pai e a mãe responde que ele está na cidade esperando que a chuva passe e que hoje chegará mais tarde. Homens e mulheres devem estar enchendo os trens. No bonde, a velha tosse e se agasalha ainda mais no casaco de lã, já um tanto puído; depois pede ao senhor ao lado que toque a campainha, ela vai descer na próxima esquina. Nos últimos bancos do reboque, rapazes ruidosos discutem futebol. E não há uma só estrela no céu.

Lídia bem que pode ser aquela mocinha de branco que conversa com o rapaz de paletó e gravata. E Lídia quer um destino. Está atravessando uma fase muito triste de sua vida e procura, no mar revolto, uma tábua de salvação. E por mais absurdo que pareça, a tábua de salvação sou eu – eu, que nunca a vi de perto. O rapaz de paletó e gravata escuta-a com atenção, fisionomia grave, e a princípio não irá compreender suas queixas, expelidas todas de uma vez, num desabafo. Sente somente que ela está angustiada, num quase desespero – e limita-se a indagar, quando a moça, tão jovem, tão frágil, chega ao fim de sua história:

– E a senhorita gosta muito dele?

– Gosto muito. Somos namorados há mais de cinco anos, eu ainda era balconista da Loja Primor quando o conheci. Não sei mesmo como tudo pôde mudar assim, tão de repente. Parece mais olho grande de alguém. Talvez de alguém que ele namorou antes de mim. E logo agora que ele começava a falar em casamento... E o que mais me aflige é saber que a estas horas ele já deve estar bêbado em qualquer boteco ordinário. Não tenho mais sossego no trabalho (agora sou secretária de uma firma exportadora, na Rua do Acre), vivo com o coração apertado, sem gosto para nada. Nem a cinema vou mais.

– Por que a senhorita não o procura e não lhe pede para mudar de vida? Afinal, pelo que a senhorita me disse, ele também lhe tem amor, quis até uma reconciliação.

– Mas agora é ele que anda fugindo de mim, não atende meus telefonemas, manda dizer que o deixe em paz. Lembro-me do tempo, parece que foi há um século, em que ele ia diariamente lá em casa, me levava ao trabalho, ia me buscar, todo dia. E quando ficava doente... sempre foi chegado a uma gripe, andava sempre resfriado, calculo como não anda agora, encharcado de bebida... mandava recados pela empregada, pedindo que eu passasse pela rua dele, para que ele pudesse me ver da janela, trocar algumas palavras. Tudo isso agora parece um sonho. Ou um pesadelo? Minha mãe até já havia consentido no casamento, dizia que ele era um rapaz direito, trabalhador, que certamente seríamos felizes. Meu Deus, como tudo pôde mudar assim tão de repente?

Lídia enxuga uma lágrima incontinente. O rapaz está penalizado – sua tristeza é evidente, sem dúvida gostaria de fazer qualquer coisa para remediar tudo aquilo. Os minúsculos seios de Lídia arfam e seu corpinho sacode-se todo quando o bonde entra, célere, numa curva mais fechada. Por uns instantes o rapaz de paletó e gravata sente ódio do namorado da moça, um grandíssimo patife! Sente ímpetos de procurá-lo e esbofeteá-lo.

– A senhorita não deve ficar assim tão triste. É dar tempo ao tempo. Seu namorado vai voltar, tenho certeza. Está apenas abalado, desorientado com tudo que aconteceu. Conheci um amigo...

E explica, detalhadamente, o caso do Eduardo, seu amigo, que tempos atrás também passara a beber, logo após a falência do pai, mas que hoje é um homem direito, pai de família, bom emprego.

Lídia fixa no rapaz de paletó e gravata os olhos marejados, nos quais boia um agradecimento terno, profundo. O rapaz alegra-se um pouco, confiante – "Se ao menos ela passasse a gostar de mim..." – e como tem que descer no próximo ponto, aperta a mão miúda e diz:

– Gonçalo de Lemos, senhorita. Se for o caso, pode dispor de mim. Moro aqui no 153 – e aponta para a casa que o bonde deixou para trás.

Lídia sorri, um sorriso triste:

– Lídia de Castro, foi um prazer conhecê-lo. E lhe peço desculpas pelas minhas lamúrias. Afinal, o senhor nada tem a ver com os meus desgostos. Como disse, trabalho lá na Rua do Acre. Exportadora Oriente, no 72. Se quiser aparecer para um cafezinho, ou na hora do lanche... Costumo lanchar às quatro, na lanchonete defronte.

O rapaz diz que sim, que certamente aparecerá. Salta e seu lugar no bonde logo é ocupado por uma senhora gorda, carregada de embrulhos.

A chuva parece que aumentou. O frio e o barulho do aguaceiro teclando com força no telhado convidam a um sono pesado. Mas não posso dormir, agora não – não antes de encontrar um destino para Lídia. Não posso de forma alguma deixá-la perdida no seu desespero, acuada na sua angústia, abandoná-la assim como uma casca de noz em meio a um oceano tempestuoso, logo ela, tão franzina, tão indefesa. Imagino que quando criança devia ter sido muito doente, aquelas doenças todas da infância. Talvez tenha sido a coqueluche que lhe deu esse ar ansiante, como se ocasionalmente lhe faltasse o fôlego; e foi certamente um sarampo forte que lhe fez aqueles pequenos furos nas faces e entre as sobrancelhas de curvas certas. Não cresceu muito, nem engordou. E acredito – acredito, não: tenho certeza – que para o resto da vida ela será sempre assim, franzina, delicada, sem proteção. Mas não discuto que de toda essa fragilidade surge uma beleza tenra, meiga, sem pretensões – essa beleza tão comum aos indefesos e humildes, uma beleza que se sente mais do que se vê.

Lídia... Já não a considero mais uma personagem minha. Ninguém me tira mais da cabeça que Lídia realmente existe – agora mesmo, se quisesse, poderia lhe telefonar. Existe, sim, e está no momento lutando contra a vida (talvez a sua primeira luta), está lutando e está perdendo. E para ela eu não encontro um destino. Entristeço em saber que Lídia ainda sofrerá muito, e que seu pequeno e aflito coração irá com o tempo encher-se cada vez mais de amargura, de desencanto, até murchar por completo. E ela, coitadinha, quer tão pouco da vida... Quer somente o amor do namorado. Quer que ele volte a ser o bom rapaz de meses atrás, correto e delicado, para que se possam casar. Quer ter sua casinha pobre mas limpa, o seu filhinho traquinas e um jardinzinho bem cuidado – cuidado por ela. Quer apenas esse pedaço de vida, tão sem importância, mas que para ela é tudo no mundo. Sei que ela pouco dorme, o pensamento vagando erradio nas noites insones, imaginando o que naquelas horas noturnas estará fazendo o namorado: em que bares estará se embriagando, que mulheres horrivelmente pintadas e ruidosas estará abraçando, talvez beijando.

Senhor dos céus, que fui eu fazer de Lídia? Por que fui transformá-la no que ela é hoje, uma nuvenzinha cinzenta, apenas uma nuvenzinha cinzenta que o vento implacável tange daqui para lá no azul sem limites do céu?

Não, não posso dormir. Pulo da cama, vou até a mesinha onde rascunho minhas bobagens. Tenho que encontrar um destino para Lídia. Agora mesmo. Antes que seja tarde.

## O MORTO

Levaram o corpo para o camarim das moças. Humberto tinha os olhos arregalados, mas havia uma espécie de sorriso nos seus lábios sem cor. As rugas estavam mais profundas, principalmente aquelas que rasgavam as faces, como dois talhos. Estiraram-no chão, que alguém forrara com um lençol branco. Formara-se uma pequena multidão na porta, e as moças, nos seus vestidos brilhantes e curtos, ficavam na ponta dos pés para ver o corpo. Uma delas disse:

– Parece que foi suicídio.

Emilinha acrescentou que só podia ter sido: há muito tempo que Humberto vinha se queixando da vida, que não podia suportar mais. Dinheiro pouco, a doença lhe minando os pulmões. "Um dia ainda acabo com o diabo desta vida."

– Foi o que ele me disse uma noite. Eu sabia que ele terminaria fazendo isto.

A música vinha do *grill*, lá na frente, e a voz de Boby, efeminada, se perdia na languidez do fox. Chegavam também até a porta do camarim os reflexos coloridos das luzes que o eletricista manobrava: vermelho, roxo, verde, cor-de-rosa, amarelo. Era Natal.

Seu Sousa, o gerente, a casaca sem uma dobra, entrou apressado no camarim, o rosto cheio de espanto, afastou as moças com brutalidade:
— Que foi?
Os olhos pousaram no corpo de Humberto, houve um silêncio.
— Como foi isto? Por quê?...
Passou a vista pelo grupo calado. Ninguém respondeu nada. O médico, um rapaz de bigodinho, veio lá de dentro, anunciou:
— Foi veneno. Ácido prússico.
Houve um murmúrio geral. Teresa deu um grito fino, saiu correndo, as mãos tapando o rosto. A orquestra tocava agora uma rumba estridente.

Seu Sousa deu uma sacudidela de cabeça, voltou-se para as moças:
— Vão, vão se aprontar. Está quase na hora do *show*. Levem suas coisas para o outro camarim.

Mas nenhuma delas se moveu. Emilinha olhou para Teresa. Teresa olhou para Maria das Dores. Ninguém dizia nada. O gerente impacientou-se:
— Vamos, meninas!
Então Emilinha falou:
— Acho que não devíamos trabalhar hoje, seu Sousa.
As outras concordaram:
— É. Não devíamos.

O rosto de seu Sousa ficou repentinamente muito vermelho. Passou a mão pelos cabelos, lisos e poucos, disse baixo qualquer coisa. Voltou-se depois para as moças, como mortas nos seus calções de prata, e havia um grande desespero nos seus olhos:
— Por que não? O que é que uma coisa tem com a outra?
Teresa ficou indignada:

– O senhor acha pouco?

Seu Sousa fez um gesto de quem ia estourar, mas se conteve. Falou cheio de calma, numa voz açucarada:

– Escutem, meninas. Hoje é Natal e o cassino não tem culpa do que aconteceu. O povo está lá fora à espera do *show*. Vocês não vão querer que eu chegue no meio do palco e anuncie que não haverá mais espetáculo porque um dos músicos se matou. Querem?

Novo silêncio. Seu Sousa continuou, quase irmão:

– Eu sei como vocês se sentem. A coisa também me chocou, que diabo! (Fez um rosto triste.) Tão bom rapaz... Ajudei-o no que foi possível, vocês sabem...

Buscou um sinal de aprovação qualquer no grupo, mas ninguém disse nada. Seu Sousa ficou meio confuso: endireitou a gravata esticada, falou com dureza:

– Enfim, vocês compreendem. Conto com vocês.

Teresa explicou:

– É que nós gostávamos muito de Humberto, seu Sousa. O senhor sabe que ele estava noivo de Dulce. Dulce está em casa, doente, não sabe de nada. O que ela vai pensar de nós?

Boby estava cantando novamente – *Be careful, it is my heart* – e os tons eram incansáveis: roxo, vermelho, amarelo, verde. O corpo de Humberto passou enrolado no lençol, carregado pelo médico e por Jaime, da portaria. As moças se afastaram rápidas, cheias de medo. Seu Sousa terminou:

– Podem deixar comigo que eu explico tudo a Dulce. Ela não vai pensar mal de vocês. Hoje é Natal, ela compreende.

Ninguém falava. Julieta esquecera o chapéu de rosas na mão direita, e as fitas se espalhavam, compridas, pelo chão. Os olhos de Josefina estavam pregados em Teresa. Seu Sousa consultou, nervoso, o relógio de pulso:

— Então? Vocês têm que ser razoáveis. Está quase na hora. Passou novamente a mão pelos cabelos envernizados, fez um rosto de sofrimento:
— Isto só acontece comigo!

Ficaram uma porção de tempo caladas, no camarim, e agora a orquestra era total, a música de todos os dias. Teresa avivou as sobrancelhas, duas curvas muito certas como pedaços de um círculo. Os olhos de Julieta estavam inflamados, e com o pó de arroz ela cobriu os dois pequenos rios brilhantes que as lágrimas haviam desenhado na maquilagem.
Quem primeiro falou foi Carmen:
— Tem uma música dele no *show*. O "Não é pecado amar".
Sabiam: era o samba que Dagmar cantava, muitos gestos, antes do quadro das baianas.
Julieta perguntou:
— Será que Dulce gostava mesmo dele?
Maria das Dores garantiu:
— Gostava, eu sei. Se não se gostassem, como é que iam se casar?
O *boy* de azul empurrou a porta, avisou:
— Faltam quinze minutos!
Julieta sacudiu a esponja para o lado, falou firme:
— Não é direito o que a gente vai fazer. Com que cara eu vou sorrir para o povo?
Maria das Dores sugeriu:
— E se a gente não fosse?
Houve um novo silêncio, muito pesado. Os automóveis buzinavam lá na frente. Luís, primeiro-bailarino, vestido de pajem, o veludo roxo esticado no corpo feminino, empurrou a porta num espalhafato:

— Vocês viram que coisa horrível? Deve ter sido por causa da doença. E que dia que ele escolheu, hein?

As moças não responderam.

— Mas eu nunca pensei que Humberto fosse fazer uma coisa assim. Puxa! Me deixou abafado!

Julieta falou rouca:

— O abafamento é geral.

Luís saiu, imperceptível, os minutos passavam. Maria das Dores insistiu:

— Como é? Vamos ou não vamos?

Josefina levantou-se, olhou-se no espelho:

— O jeito é ir.


Todas as companheiras estão rindo, as luzes as envolvem, é a mesma noite igual a todas as outras, apenas mais enfeitadas – parece que nada aconteceu. O coração de Emilinha bate muito, seus olhos aflitos rodeiam a sala enorme, vão até os homens e as mulheres lá na frente, se esbarram nos faróis coloridos. Há qualquer coisa prendendo suas pernas, e ela sente que seus passos são maquinais, distantes do bailado. Muito confusa, sons de outro mundo, a música passa como uma nuvem carregada. Tem medo de olhar para a escada, ao lado, onde Humberto costumava ficar, todas as noites, na hora do *show*. Certeza de que ele continua ali, o rosto magro crescendo na roupa de casimira escura, a fazer gestos engraçados para todas elas. "Um dia eu não aguento, Humberto, e caio na gargalhada. Acabo estragando o *show*." Os olhos eram muito negros, enterrados em duas olheiras escuras, os cabelos desalinhados, o cigarro de sempre quase solto na boca. Estava cada vez mais magro, e vinha uma tristeza sem tamanho para Emilinha quando o escutava fazer planos alegres, o casamento, os filhos que Dulce lhe daria, a casa que, há tanto tempo, andava procurando. "Você vai ser a madrinha, Emilinha. Já disse a Dulce." Algumas vezes, raras, o desespero tomava conta dele: o olhar vago pousava nela, o pensamento distante. "Preciso melhorar de situação, Emilinha. A coisa assim não vai." Era o trabalho que o estava matando, sabia. Passava as noites caminhando de um lado para outro, do camarim para o *grill*, as veias salientes de soprar a flauta. Ganhava uma ninharia, e havia ainda a mãe, muito doente, há já uma eternidade definhando na Santa Casa. Dormia numa pensão da rua São José, num quarto; às vezes ali mesmo no cassino, um divã rasgado e duro no fundo do depósito. (Dagmar fecha os olhos, move os braços, os seios querem saltar do vestido decotado – "amo, amo muito, que não é pecado amar" – e as luzes se derramam e se multiplicam sobre seu corpo prateado e fino.) Agora, todas elas, Boby, a orquestra, o cassino inteiro, estão mergulhados na sombra. Somente a lua redonda, brilhante, parada no meio do palco, e dentro dela os olhos de Dagmar, os seios quase soltos, as mãos de unhas muito vermelhas. Lembrava-se do dia em que Humberto lhe trouxera o samba novo. "Fiz ontem, Emilinha. Dulce achou-o bom. Veja se serve." Cantava com a voz grossa, mas apagada, batendo na caixa de fósforo.

    Sente um choque quando as luzes novamente se acendem, e depois é a vontade de dormir. Alguém está empurrando seus olhos. Reage, tenta abri-los, mas lá na frente todos os homens e mulheres têm os olhos de Humberto. Um vento muito frio vem do mar, como se as paredes houvessem caído. A última visão é a de Boby, os dentes enormes e brancos, brancos como mármore, e a voz enche seus ouvidos, se alastra como outro vento, forte como um motor. Não vê mais nada.

# A LUA

O garçon serviu a cachaça na xícara pequena. Bebeu de um só gole. Queimava. Cuspiu grosso no ladrilho – rosáceas se entrelaçando. Depois ficou brincando com a caixa de fósforos. Amarelo, vale um. Azul, nada. Em pé, vale dez. O rádio trouxe um samba novo. Ritmo fácil – pensou. Mas teve que concordar que fora um achado de Zé Pretinho. Onde o malandro tinha encontrado aquela letra? Metia-se com aqueles amigos jornalistas, cheio de delicadezas, e o resultado era aquilo: boas letras, corretas, com rimas certas.

– Samba legal, hein, parceiro?

O homem da mesa defronte concordou:

– Bonzinho. Mas este ano a coisa anda fraca. Não apareceu ainda nenhum de abafa.

Ele sabia disso. Mas apareceria. Sentia-o dentro de si, inteiro na cabeça, música, versos, tudo. Era só sair. Mas há uma semana – mais, talvez, que vinha fazendo esforço. Nada. Às vezes, no elétrico, as rodas chiando, os subúrbios ficando atrás, parecia que estava na hora: mas tudo ficava muito vago, a música era apenas uma recapitulação do que fizera antes. De noite, na cama, a mesma coisa. Chegara até a compor o começo, muito curto – "Amor tão grande parece impossível" –, mas o resto não vinha. Tolice insistir. Zeca da Bateria tinha razão: – Não adianta fazer força, mano. Vem quando tem de vir. Como mulher parindo.

Era, sabia. Mas por que demorava tanto? Nunca lhe acontecera uma coisa assim. O "Amor de ébrio" saíra de um jacto, no bonde, na véspera nem havia pensado nada. E o "Barulho na esquina", "Os olhos dela", até o "Venha pro cordão", tão difícil, com aqueles breques infernais que tomaram conta da cidade – todos tinham vindo assim, repentinos, livres, como asas.

Rosa já reclamara uma porção de vezes:
– Onde está meu samba, Juca?
Despistava:
– Estou caprichando, nega. Você vai ver o que vem aí.

Tinha já o título – "Rosa" – simples, curto, uma homenagem. Não gostava de fazer música séria, com muito choro. Seus sambas eram todos alegres, bem alegres. Mas com Rosa tinha que ser diferente. Não que ele quisesse mudar de gênero, experimentar coisa nova. Não – somente procurava alegria, dentro de si, e não encontrava mais. Andava mudado – umas aflições tolas, uns desejos malucos, a cabeça na lua. De dia, na mobiliária, esquecia o verniz no sol, só acordava com a voz de seu Paulo:
– Dormindo Juca?

Não era sono, estava era enrabichado. Coisa pau. Mas boa, dava uma felicidade, vontades diferentes. Ficara triste, porém. Parado. A música entaipada dentro da cabeça, a cabeça como uma vitrola que só ele escutava.

– Estou caprichando, Rosa. Você vai ver.
Ela brincava:
– Você parece que não dá mais nada, fulero.

O pior não era a tristeza. Eram aquelas dúvidas, espetando o dia inteiro, como pregos. Onde estaria Rosa naquele instante? (A garrafa de verniz parada, debaixo do

sol.) Rosa gostava dele mesmo? (Os olhos perguntavam à moça do sabonete, no anúncio colorido do bonde.) Tolice perguntar a ela. Rosa não levava nada a sério:
— Gosto é de minha mãe.

Tudo isso, aflições, dúvidas, pregos — empurravam a música para um canto da cabeça, caíam sobre ele como uma massa pesada.

Pedira a opinião do Orestes, ajuizado nessas histórias, sempre muito equilibrado:
— Pode ser que ela goste de você, Juca. Mas ninguém sabe.

Ninguém sabia. Ele também não sabia. Mas saberia um dia, tinha certeza. Mulher é assim. Parece que está brincando, rindo de tudo, mas um dia desabafa. Rosa seria como as outras. Quantas vezes, no bonde, no trabalho, mesmo dentro do barulho da bateria, não antecipou aquele momento que seria inevitável? Um dia, amanhã, depois, não importava. Rosa esconderia o sorriso fácil, despreocupado, conversaria muito séria:
— Eu gosto muito de você, Juca.

Quando? Talvez hoje mesmo — não importava. Se ao menos pudesse fazer o samba. Ajudaria muito. Era o que tinha para dar a ela: sua música.
— Riqueza de pobre, Rosa.

Ficara magoado, uma noite, quando ela lhe respondera:
— Samba é bonito, meu nego. Mas grana é mais bonita.

Sorria. Mas uma coisa doeu dentro dele, bem em cima do coração — uma coisa que feriu rápida e foi embora. Foi, mas voltou. Na cama, madrugada, a mesma dor funda, uma dor triste, como se lhe estivesse faltando qualquer coisa. Chovia e os pingos martelavam o zinco do barracão. O vento vinha pelas frinchas. As ladeiras estariam escorregando, rios de lama amarela desaguando lá embaixo, no mar de asfalto. Samba triste, vagando na noite. Milhares de pandeiros e cuícas, apitos, breques, mas tudo sem alma, sem compasso, tudo escorregando na chuva. Faltava alguma coisa. E se a chuva, de repente, virasse chuva de dinheiro? As moedas caindo sobre o zinco, o morro todo alvoroçado, o dinheiro entrando pelas janelas, forçando a porta.

— Tome, Rosa. Leve isso tudo para você.

Não queria dinheiro. "Não quero, Rosa. Pode levar."

Mas ela não viria para o barracão, sabia. Rosa metida nas sedas — seria engraçado. Ele chegava no apartamento, na cidade, teria que mandar seu nome:

— É um amigo dela.

— Dona Rosa não pode receber agora.

— Mas diga que é o José dos Santos. O Juca...

— Dona Rosa está muito ocupada. O senhor volte outra hora.

Voltaria? Não, nunca mais. E aí é que a dor vinha violenta, espetava duas, três, uma porção de vezes.

Luar bonito lá fora, sobre o Estácio, lua redonda bem em cima do Hospital da Polícia Militar, imenso, escuro, colado no céu azul. Já passava das sete. Oito horas, encontrava-se com ela no portão do Matoso. Não gostava de chegar atrasado, nunca chegara. Bebeu outra cachaça, de um gole jogou o níquel em cima da mesa, saiu. Ficou na esquina esperando o Tijuca. O morro de São Carlos vinha caindo até o largo. Centenas de luzes se equilibrando lá em cima, vagalumes de fogo. "São Carlos querido, São Carlos da minha infância." Vivera ali uma porção de tempo. Recordações claras do tempo de menino, calças curtas, descendo correndo a ladeira, com a lata de gasolina vazia na mão. Iam buscar água lá em baixo — ele, Mercedes, Luís (morreu debaixo de um bonde) — na bomba. De noite, era a mesma coisa de hoje: as cuícas roncavam, pandeiros, as vozes quentes. Fora, mais tarde, orientador dos "Alegres de São Carlos", que venceram a Portela, em 32. Azul e vermelho, o estandarte inundando o salão da Estação Primeira, do "Flor de Abacate", fazendo furor na Praça 11. Dera tudo o que podia dar.

— Este ano o carnaval vai ser nosso.

Ensaios e mais ensaios. A camisa encharcada. Janelas fechadas para ninguém ver, e lá dentro um calor medonho — verão pegando fogo. O carbureto chiava, o vestido colava nos seios das mulheres. Chegava em casa como um morto.

— Você assim morre, Juca.

Que morresse! Mas São Carlos tinha que vencer.

Não venceu. Na véspera, Bichano, caixa surda, se bandeara para Mangueira. Foi um choque! Teve vontade de matar o traidor. Dissera, na frente de todo o mundo, para todos escutarem:

— Você é um sujo, Bichano! Nunca mais suba no São Carlos, se não quiser apanhar.

São Carlos não desceu. O carnaval gritando lá em baixo, a Praça 11 como uma floresta doida, e as cuícas dormindo em cima do morro calado, as moças chorando como se tivessem sido desonradas.

Ainda hoje ele tinha raiva quando pensava naquilo. Fizeram força junto a ele:

— Vamos descer assim mesmo, Juca. Anunciato vai pra caixa.

Aguentou o galho. Para quê? Para apanhar da Portela e voltar escabriado? Não contassem com ele. Não havia carnaval. Ia para casa, fizessem o que bem entendessem. Não era homem de remendos.

Três dias medonhos de triste. Teve vontade de morrer, se atirar da pedreira em baixo, como o Moleque 25. Só pedia que chegasse a quarta-feira, com toda a sua tristeza, a cidade como uma coisa morta estirada no asfalto.

Nunca mais voltara ao São Carlos.

– Tolice, Juca. Sem você aquilo não vai pra diante. Iria. Apareceriam outros, gente nova. Havia o Edgard, tão ordeiro e esforçado. Tomassem conta dele que era bom rapaz.

– Edgard não tem bossa, Juca. Sem você não dá jeito. Você sabe disso.

Não se comoveu:

– De jeito quem precisa sou eu. Estou a néris. Tenho agora que amargar no batente.

Mas sentiu um despeito surdo quando viu, no outro carnaval, as cores do São Carlos dançando na Praça 11. Rosália, tão bonita, levava o estandarte, todo bordado de seda azul e vermelha. O estandarte não era do seu tempo. Também não o eram os quepes de pala lustrosa, azuis, vermelhos, caprichados. Escondeu-se na multidão, ficou olhando de longe. Era o *seu* São Carlos. Ali tinha andado sua mão, seu esforço. Prestassem atenção à batida dos tamborins, àquele compasso diferente, parando de vez em quando, continuando acelerado, como ele ensinara. O estandarte era novo – mas Rosália o carregava como aprendera dele, os mesmos requebros, até o mesmo sorriso –; "É preciso elegância, Rosália. Não saia do compasso, moça". Teve vontade de passar por debaixo do cordão, se misturar com a turma do bloco, dar o braço a Mano Chico e sair pulando, como se nada tivesse acontecido. Mas estava chumbado no chão. As lágrimas começaram a sobrar nos olhos, quentes, inevitáveis. Rosália levava o estandarte. E o coro cantava o samba de Paixão:

*Estou novamente na rua*
*Peço licença para cantar...*

Mas tudo isso é coisa que ficou atrás, longe, coisa perdida. Fôra depois para a Portela, se metera de amores com Emengarda, deixara-lhe um filho, abafara a banca, em 36, com o "Ingratidão". A vida rolando. Ia fazer seus 32 para o mês. Rosa sabia disso? Era falta de educação dizer. Podia parecer que estava pedindo presente. Deixaria passar, contaria depois, indiferente:

– Ontem fiz aniversário, Rosa.

Que responderia ela? Podia adivinhar. "Não me diga, preto." Rosa não levava nada a sério.

– O que é que você quer que eu leve a sério? Me explique.

Era o jeito dela. Morreria assim.

Também ele morreria um dia. Então, nada mais importaria. Tristes e pequenas disputas desta vida, alegrias e tristezas, tudo acabaria de uma vez, a grande sombra cairia sobre tudo. Rosa seria apenas uma lembrança muito vaga. Os passos leves sem deixar marca no mundo. Mas também não haveria mais preocupação nem angústia. Talvez pudesse ver, lá de cima, das nuvens, o estandarte vermelho do São Carlos como um doido na Praça 11.

O bonde deixa-o na esquina. Compra cigarro no café, vai caminhando pela rua triste de calçada estreita. Rua conhecida, muitas vezes odiada. O portão vazio, horas, horas, a raiva se misturando com um sofrimento surdo. Vontade de ir embora, vontade de ficar a noite inteira. O rádio vinha lá de dentro do bangalô, onde havia luzes azuis. Pouco se incomodavam com a sua vida. Nem ao menos o conheciam. Voltava como um vencido, prometendo: fora a última vez. Mas o primeiro telefonema, no dia seguinte, na mobiliária, era para ela:

– Por que não apareceu, Rosa? Lhe esperei até as onze.

– A patroa teve visita, nego. Não pude sair.

Numa dessas voltas, todo amassado por dentro, foi que fizera o "Tristeza de malandro".

– Muito sentimento, Juca. Desta vez você deu em cheio.
Mas Rosa não gostara:
– Parece um choro. Nem um breque. Não é samba pra você!
Tomara ódio ao samba. Mas agora, as mãos nos bolsos, sente vontade de assoviá-lo. Era um bom samba, diferente dos outros, com muita sinceridade. Não gostava de fabricar música, não sabia. A coisa tinha que vir de dentro, como um suspiro. Vir de repente, sem hora. Sabia como muita gente do "Nice" fazia os sambas, roubando a melodia dos outros, passando cinquenta mil ao Tinhorão, do Salgueiro, ou ao Sessenta e Três da Matriz, que não queriam glória. Era uma sem-vergonhice. Nunca fizera isso. Pelo contrário, fora até um dos roubados. "Brincando de amor", que Odilon dera ao Chico Alves como coisa sua, era dele, bem dele. Fizera-o num piquenique, na Penha, na vista de muita gente. Mas não tinha importância, dizia aos amigos.
– Deixem minhas sobras matarem a fome dos pobres. Inspiração aqui nunca encolheu.
Mas encolhera agora. A pedra sobre o peito, a música sufocada dentro da cabeça. E a voz de Rosa, lá no fundo, pedindo, pedindo, insistente como uma febre:
– Meu samba, Juca? Será que você não dá mais nada?
E se não desse? Se nunca mais pudesse fazer música? Estacou de súbito. O vento bulia com a trepadeira, toda carregada, na casa defronte. Seria terrível.
– Juca, coitado, afundou-se...
Antes morrer. Ou então viajar para a roça, bem longe, desaparecer por lá como um fugitivo.
Rosa não está no portão. Gruda-se na esquina, as mãos nos bolsos, o palhinha caindo sobre os olhos, o cigarro quase solto no canto da boca. Demoraria? Tem vontade de telefonar da esquina.

– Nunca me telefone de noite, Juca. A patroa está sempre em casa.

Vai embora o primeiro cigarro. Acende outro. O rádio está tocando um samba de Zeca do Pandeiro:

*Ela partiu
Sem me avisar...*

Não variavam. Todos os anos martelando na mesma tecla. Antes não fazer nada. Às vezes, dava até razão aos críticos. Eram uns sujeitos meio errados, cheios de preferências, não topavam o samba de jeito nenhum. No máximo, ficavam no Noel. Caíam de rijo sobre eles, sem piedade, e se o povo fosse se guiar pelo que diziam, coitadinha da turma do "Nice" que ficaria a néris. A verdade, porém, é que ninguém queria caprichar. Era tudo de afogadilho, às porções, só pensavam em arranjar melodia fácil para o povo e garantir a quota na SBAT. Aparecia um samba bom de vez em quando – mas era um só. Atrás, uma coleção de tolices – de dar pena. Uma tristeza. Quanto a ele, todos sabiam, a coisa era diferente. Pouco estava ligando para dinheiro.

– Não como isso.

Não comia. Tinha o emprego na mobiliária, que dava quatrocentos, mais uns biscates que pegava aos domingos. "Música é pro café pequeno." É verdade que já ganhara dinheiro com a bossa. O "Amor de malandro" lhe dera três contecos, logo no primeiro mês, e ainda estava pingando. Mas não guardava. Guardar para quem? Era sozinho no mundo. Enterrara a mãe, com seus sessenta e poucos, faz três anos. Está sozinho. "Ninguém leva dinheiro para a cova." Nunca fora unha de fome, nunca negara quando

tinha. Nem se lembrava mais do dinheiro que já havia emprestado – uma fortuna! Só Carmo da Bateria lhe levara, de uma vez, duzentão. E o dinheiro que deixara nos "Alegres"? Não tinha ouvidos para conselhos:
— Juca, amanhã você pode precisar. Pense numa necessidade, numa doença...
Não pensava em nada. Tristeza não era com ele. Se adoecesse, não se incomodassem. Deixassem-no num canto, que iria embora sem fazer barulho. "Todo mundo tem que morrer um dia". Depois, cavassem um buraco e metessem ele dentro. Brincava:
— E plantem uma horta em cima. Meu corpo vai dar bom estrume.
Enchia Rosa de presentes. Um vestido no Natal, a fantasia de baiana que ganhara o segundo prêmio na Banda Lusitana, e, na semana passada, uma bolsa de verniz, das grandes, das chiques, muito lustrosa.
— Você chega a me encabular, nego.
Se pudesse, daria mais, daria tudo.
— Até a lua, Rosa.
A lua ela não queria. "Guarde para você."


Mas agora tinha outros pensamentos, sonhos, uma porção de planos. Estava cansado de viver sozinho. As noites compridas pesando sobre o barracão, sobre o morro, sobre o mundo, e ele inquieto na cama, virando-se de um lado para outro, sem poder dormir. Acabava levantando-se. Não aguentava com tanta tristeza. Precisava de alguém dentro de casa, alguém de quem ele gostasse. Não podia viver eternamente assim, como um abandonado. O povo tinha razão. Mano Juca, Zaíra, Guiomar, todos tinham razão. Amanhã vinha uma doença, não tinha para quem apelar. Morreria sozinho, sem ninguém para pôr uma vela na sua mão. Se Rosa quisesse, tudo seria muito bom, tudo estaria resolvido. Desceria até do morro. Iriam para o subúrbio, para o Irajá, numa casinha nova, as cortinas brancas soltas para a rua. Depois do trabalho, não ficaria mais vagabundeando pela rua, comendo nos freges, discutindo bobagens com o bloco do "Esperança". Teria uma casa, um lugar que seria só seu, onde ele seria rei. Afinal, tudo cansa. Estava cansado de viver como um desprotegido, empurrado de um canto para outro. Tinha que criar raiz, se plantar num lugar, não era cigano. Já falara com Rosa, mas sem coragem, como se quisesse apenas fazer uma brincadeira. Não tinha coragem de falar sério, olhando-a de cara. Medo da resposta, principalmente medo do sorriso, que sabia inevitável.

– A gende podia se casar, Rosa.

Ela? Pois sim. Não casaria tão cedo.

Estou esperando idade, crioulo.

E casar para quê? Para se encher de filhos, cair na cozinha, se enterrar? Não tinha jeito para isso. Queria era gozar sua vida, que já não era das melhores.

– Mas um dia você envelhece, moça. E quem toma conta de você?

Não sabia. Não queria saber. Casaria quando ficasse velha, com qualquer outro velho, que eles nunca faltam neste mundo. Por enquanto, não; não lhe falassem em cemitério.

Ele ouvia tudo sorrindo, mas o sangue estava quente em sua cabeça, uma onda ardente de ódio.


A nuvem pesada veio de longe, dos lados da Tijuca, foi tomando conta do céu, afogou a lua num mar de trevas. Pingos grossos começaram a cair. Depois veio a chuva, intensa, aguaceiro de verão. Correu para a esquina, refugiou-se sob a marquise do armazém. Já iam dar as dez horas. Quando a chuva passasse, iria embora. Agora é que Rosa não apareceria mais. Os olhos indiferentes pousam no pequeno rio da sarjeta, onde boiam restos de cigarros e folhas secas. Lá adiante, no fim da rua, é somente uma placa cinzenta. Os bondes passam chiando, os arcos arrancam relâmpagos roxos dos fios úmidos. A Assistência passou, veloz, varando a noite com o seu tilintar lancinante. Sentimental, a voz do espiquer canta o programa feminino. "Amiga ouvinte, de olhos cheios de sonho..." Milhões são as vozes e os ouvidos deste mundo. Mas também há coisas que não podem ser ditas, que jamais serão ouvidas. Coisas que ficam dentro de nós, afogadas, pesando como o remorso de uma falta muito grande. Era preciso coragem. Coragem somente? Juca nunca fora um covarde. Podia ter se casado com Rosália, se amigado mesmo, que ela estava para tudo. Agora, teria sua casa e seus filhos. A chuva molhou o chapéu, escorreu pelos ombros. Sente-se muito pequeno, coisa da sarjeta, como as pontas de cigarro, inútil, ridículo. "Gato debaixo da chuva, gato sem casa." Não era mais menino. Trinta e dois. Rosa nunca lhe dera importância – não podia mentir mais. Maluca! Mas um dia vem o arrependimento. Este mundo é assim, com suas armadilhas, milhões delas. Podia estar com Rosália, agora mesmo, a chuva caindo lá fora, e eles dois na casa arrumadinha, a areia branca cobrindo o tijolo lavado, os crótons sobre o guarda-louça ou lá fora, na varanda de cimento, apanhando o aguaceiro. Vinho aos domingos, o rádio aberto com toda a força. De tarde, na porta, tocaria violão, rodeado dos amigos. Nunca pensara em coisas assim, tão sérias. Pensava agora. Não era arrependimento. É como se não pudesse ter pegado um bonde que passara à toda. Pegaria outro, passariam dezenas de outros. Mas não era a mesma coisa.

"Perdi meu bonde." Ficaria debaixo da chuva, o aguaceiro desabando sobre suas costas, à espera do seguinte. Não era a mesma coisa. Quando a chuva passasse, iria embora, não voltaria mais. Não voltaria mesmo. Trinta e dois, um velho.

– Um homem assim, caindo de velho, atrás de rabo de saia.

Como um menino de colégio, bancando o idiota. Nunca mais. Podia estar com Rosália, que gostava dele. Gostava, sabia.

– Gosto, Juca. Você não vê que eu gosto?

Via agora, tudo muito claro. Mas antes era cego. O mundo está cheio de cegos. "Abram os olhos enquanto é tempo." Não abrira os seus.

O chapéu molhado, a chuva despencando, os ombros encharcados, é como uma ruína. Sentia pena de si mesmo, vontade de se amparar. A lua se apagara na chuva. Brilharia novamente esta noite? Não importava. Voltaria amanhã, quando o céu estivesse pejado de estrelas. As coisas eternas nunca se apagam.

Mas ele se apagaria, se dissolveria na chuva como um pedaço de açúcar dentro de uma xícara. Amanhã ou depois – mas seria bom não tardasse. Queria desaparecer, sumir-se assim, de súbito, engolido, como a lua. Brilharia novamente, noutro mundo, noutra época, quando o Senhor quisesse. Mas agora precisava – sentia – de uma noite longa, profunda, uma noite que não terminasse mais.

# UMA ALEGRIA

Parece que agora eu e Esmeralda encontramos o que há tanto procurávamos – a casa é pequena, escondida atrás de uma trepadeira, sem tratamento, mas a rua é quieta, apesar das cigarras, milhões delas. Há um morro ao lado, escuro, talvez feio, mas que às tardes, quando o sol se põe, fica de uma beleza como nunca vi: uma catedral escura, muito grande, salpicada de vermelho. Esmeralda pregou cortinas brancas nas duas janelas, cortinas leves que não impedem que todas as manhãs o pregão dos vendedores as atravesse e chegue até nós, ainda estirados na cama. Primeiro é o homem que compra garrafas vazias, um italiano de voz aflautada, e seu estribilho é toda uma linha melódica, fina, mais grossa, mais fina, finíssima, como uma música. O papeleiro é monótono – "Papiliro vai embora. Vai embora o papiliro" – e, ao escutá-lo, me encho de lembranças tristes, despedidas, adeuses, navios deixando o porto, trens sumindo-se nas curvas. Alegre, no entanto, é a canção do verdureiro, uma nota diferente para cada legume, e sua carrocinha rilha no calçamento, cheia de barulho. Então, me levanto. Esmeralda ainda dorme, indiferente a tanta coisa que já começou a viver lá fora, e seus cabelos, tão negros, se derramam pelo travesseiro numa onda negra. Sob o lençol, os seios crescem e se encolhem, num arfar tranquilo.

Chego à janela, os olhos amassados, e o papeleiro vem de volta, um enorme saco de linhagem nas costas. Já somos amigos. Agora, ele para diante de minha janela, me cumprimenta, deixa o saco no chão:

– Nada hoje, seu João ?

Apanho as finais dos diários, lidas antes do sono, e as entrego. Amanhã – anuncio – farei uma arrumação séria nuns caixões que, desde a mudança, ainda não foram tocados – que ele passe sem falta no dia seguinte, que não faltarão revistas e jornais velhos.

– Lhe agradeço muito, seu João. O negócio anda muito ruim.

Seu rosto é um intrincado de rugas, bigode ruço e descuidado, os cabelos sem falhas, duros e lustrosos. Traz um eterno cigarro apagado na orelha e suas unhas são encardidas de fumo. Mas as mãos são delicadas, compridas, dedos finos, mãos como possivelmente não terão, neste mundo, os outros compradores de papel sem préstimo.

– O senhor não pode calcular o que é esta vida, seu João. Caminho o dia inteiro para ganhar umas migalhas. Mal dá para matar a fome.

Vende o que arrecada, jornais, revistas, livros sem capa, almanaques, numa fábrica de papelão, para os lados de Bangu. Amontoa a papelada em casa – mora num cortiço, em Botafogo – e todos os sábados lá vai ele no trem deixar na fábrica os sacos entulhados.

– Mas pagam uma miséria, o senhor não pode calcular.

Entra em explicações – e sua voz é grossa, cheia de cusparadas, mas a conversa é correta, o que também acredito não ser comum nos papeleiros. A empregada do 85, de nome Rosa, me deu ontem alguns detalhes sobre a vida do meu amigo. Chama-se Roberto, e esta sua função de agora, tão humilde, não é trabalho antigo: Roberto é de família mais ou menos classificada, e há um irmão seu que é médico, com consultório na rua da Carioca. Ele próprio teve seus estudos, mas Rosa não sabe dizer até que ponto chegaram. Sabe sim, que a bebida estragou Roberto, tornou-o inimigo da família, jogou-o desamparado no meio da rua, fê-lo papeleiro.

– Todo dinheiro que ele pega, mete na cachaça. É uma coisa horrível. A gente aqui da rua já está prevenida e não quer negócio com ele.

Mas eu simpatizo com Roberto, particularmente com aquele seu ar resignado, indiferente, sem tristeza, ar de quem apenas espera morrer um dia, mas espera sem temores. Encontro-o às vezes na porta do Café Botafogo, na esquina, quase cambaleando, engrolando uma conversa sem sentido. Suas rugas, então, parecem ter se multiplicado, e uma mecha do cabelo duro desce sobre o olho direito. Todo ele é ruína.

Uma tarde bati no seu ombro – afastei dois ou três meninos que o atormentavam, e quis levá-lo para casa. Mas Roberto olhou-me com os olhos vazios, deu-me um empurrão sem força e foi se deitar na grama do jardim defronte. No outro dia, era como se nada tivesse acontecido – procurou-me como sempre, falou do tempo, que anunciava chuva, deu-me o resultado do bicho.

– De novo o diabo do leão.

Passou, em seguida, para uma longa conversa sobre sonhos e palpites, gente que havia ficado rica do dia para a noite ou outras que o jogo arruinara. Quanto a ele, não podia se queixar – já acertara numa centena. Ultimamente, porém, andava sem sorte. Mas tinha esperanças:

– Um dia a coisa vira.

Quis saber, depois, dos meus sucessos no jogo. Disse-lhe que não os tinha, já que nunca jogara em minha vida.

– Nem no bicho?

– Nem no bicho.

Deu uma cusparada para o lado, aconselhou-me que arriscasse, de vez em quando, alguns tostões, seguindo sempre o que indicavam os sonhos da noite. Era coisa que não deixava ninguém pobre e – quem sabe? talvez a sorte estivesse me rondando atrás de uma oportunidade.

– Experimente amanhã, seu João.

Fiz vagas promessas, tão vagas que Roberto não se deu por satisfeito.

Disse:

– Por causa das dúvidas, vou jogar duzentos réis para o senhor. Estou com o palpite de que amanhã vai dar cabra.

Mas não apareceu no dia seguinte. À noite, Rosa veio me avisar que meu amigo estava estirado na calçada, na rua transversal defronte, estirado como um morto num pedaço de sombra.

– Tomou uma bebedeira daquelas. Está que nem se move. Fui até lá. Roberto parecia um baleado – muito esticado, as pernas meio abertas, os olhos fechados para o céu carregado de estrelas. O saco aberto fora jogado para um lado, e dele saía a papelada usada, como de um intestino roto.

Uma baba espessa corria pelo canto da boca, e todo ele era um arquejar doente, aflito, cheio de estremeços. Chamei-o, sacudi seus ombros. Apenas um murmúrio incompreensível. Abriu depois os olhos, mas os olhos eram de vidro. Virou-se para um lado, mergulhou novamente no sono que eu sabia povoado de fantasmas. Alguém aprendia uma lição de piano, em qualquer casa perto – mas era só o que havia na rua, tão deserta àquela hora. Esvaziei um pouco o saco de linhagem, transformei-o num travesseiro e acomodei nele a cabeça de Roberto. A areia grudara nos cabelos besuntados, e havia formigas passeando pelo seu rosto. Tangi-as, limpei o cuspe grosso que se acumulara no canto da boca. Cobri, depois, seu rosto com o lenço, e fui para casa. Voltei-me na esquina – mas não se via sinal de Roberto, perdido na sombra.

Manhã cedo, porém, é a mesma voz de sempre:
– Papiliro vai embora. Vai embora o papiliro.

Chego à janela, e Roberto já está diante de mim, um sorriso misterioso:
– Bom-dia, seu João. Tenho boas notícias.

Cospe, descansa o saco no chão.
– O senhor se lembra dos duzentos réis que eu prometi jogar para o senhor? Pois fiz um jogo na dezena da cabra e acertamos. O senhor ganhou trinta e quatro mil-réis.

Mete a mão no bolso, me estira algumas notas amassadas, alguns níqueis:
– Era para trazer ontem. Mas tive um serviço no Catete. Acho que o senhor amanhã deve arriscar novamente. Começou muito bem.

Seu sorriso é a alegria de quem está inundado de felicidade. Com o dinheiro na mão, creio que devo fazer alguma coisa. Peço a Roberto que entre, que venha tomar café comigo. Ele vacila, quer dizer que não mas eu atalho:
– Entre, homem.

E rápido, tão alegre quanto ele, vou abrir a porta da rua.

# HISTÓRIA BRANCA

Seria o último Natal. As carnes iam desaparecendo nos lençóis brancos. Sentia o peito cavado, uma mão de ferro caindo sobre o ventre, nem tossia. Uma manhã, talvez no dia seguinte, não acordaria mais. Sabia disso, tinha pena da insistência do dr. Abílio, tão corajoso. Devorava, então, o pequeno mundo lá de fora: os galhos verdes do oitizeiro, as linhas paralelas dos fios telegráficos, o céu sempre azul, o cabeço do morro. Quando fechasse os olhos, definitivamente, aquela seria a última visão.

Tinha um medo: de morrer de noite, quando as sombras tivessem inutilizado o seu mundo, quando lá fora fosse apenas uma placa escura, duas ou três estrelas, o reflexo da luz do poste. Não, não aconteceria isso, tinha certeza. A morte é certa, está perto, mas também é certo que podemos adiá-la por algumas horas, alguns dias. O tempo corre, os dias são ligeiros, e logo seria outro Natal. E o outro Natal ainda o encontraria estirado nesta cama, o peito cavado, inútil navio de amarras partidas. Não, não tinha mais forças. Resto de vida. Escutava as passadas na calçada, o ruído dos bondes, o buzinar dos automóveis, a sirene aflita da assistência – tudo tão vivo! E ele incapaz de um ruído, a voz vindo de longe, os gestos pesados e lentos. A vida fora curta, quase

efêmera. Podia se lembrar dos dias atrás, uma porção de cenas rápidas, como num filme. As sequências se misturando, tudo correndo loucamente para qualquer coisa que ele desconhecia, mas que agora estava presente naquele final tão triste e tão idiota. Os olhos de Maria, os campos do Lagarto, e de repente a voz mansa de Tio João enchendo o quarto. Às vezes – talvez nem fosse sonho – Maria se debruçava sobre a cama, o decote largo, os seios que o tempo não amassou. Era um convite – os olhos, os seios, a boca, tudo ordenado:
– Levante-se.

Não podia. O peito era como um tambor, e os soluços roncavam como pequenos trovões. As lágrimas escorriam pelas faces, duras, ardentes, dois rios de fogo. O relógio em pilastra, na sala de jantar, não se incomodava com coisa alguma, gotejando, gotejando. Aqueles olhos já haviam sido seus, coisa perdida no tempo. Podia sentir ainda o calor dos seios em suas mãos. Mas, então, as mãos eram inquietas, adolescentes, rasgando o decote, apertando, apertando, mãos de doido. Não ligava para o relógio, não contava os minutos, desafiava. Os ventos soltos da praia Formosa batiam no peito descoberto, o sol enlourecia os cabelos, o mundo era cheiro de milhares de fios elétricos, montes inteiros, de todo o céu, todas as estrelas.
– Levante-se. Venha.

Não se levantaria mais. A irmã escutava os soluços, vinha arrastando as chinelas.
– O que é, Jorge?

Escondia a cabeça no travesseiro. Tudo perdido no tempo. A voz da irmã chegava irreal, sem motivo:
– No próximo Natal você estará bom, Jorge.

Tinha ódio. Sumia-se mais nos lençóis alvos.

Mas, depressa, quando os olhos se voltavam novamente para fora, sentia que ciranda impertinente, grudada nos fios e no céu, voltava a encher seus ouvidos. Era uma música sincopada, sons de uma banda esfarelada pelo vento. "Qual é a que o senhor quer?... Escolhia sempre Isaura, os grandes olhos azuis, azul machucado e úmido. Os pequenos seios nunca cresceriam. E os lábios seriam sempre assim, sem cor, como os das freiras. Então a dor ficava muito maior. Dor somente – o ódio ia embora, e agora era somente uma saudade dolorida, coisa da doença. Nada mais podia ser evitado. O trem ia rápido, sem paradas, e lá no fim era o precipício. Nem havia mesmo motivo para continuar assim amarfanhando os lençóis, torturando-se com recordações de uma vida que fora sã e amiga – tão distante. Ia embora, tinha que ir. Então, as vozes se confundiam. Quem era Elvira? Quem era sua mãe? Tudo muito confuso, cheio de manchas. O bonde passava sobre nuvens, sem barulho, apenas um richar muito suave, quase imperceptível, como uma criança descalça correndo sobre a grama. Não queria mais nada. Tudo estava adormecido, tudo muito branco.

Mas uma noite – a última ou a penúltima, ninguém saberá dizer – Magnólia apareceu de súbito, um barulho dentro daquele silêncio todo. Magnólia esquecida – quando fora mesmo? Como pudera ter esquecido?

– Foi no começo, Jorge. Você ia para a escola vestido de marinheiro, os joelhos cheios de feridas. Lembra-se?

Apertava os olhos com força, não via nada. Tudo muito branco.

– Você me esperava na esquina. Eu tive sarampo e morri.

Não se lembrava de nada, escutava apenas, como se escutasse uma história pela primeira vez. Mas ficou de olhos presos na figura, muito viva, que enchia o retângulo aberto da janela.

– Eu já morri há muito tempo. Você nunca soube.

Veio depois uma certeza, força estranha crescendo dentro de si: Magnólia sempre estivera presente. Não fizera versos? Não tinha aquela tristeza sem motivo, uma saudade não sabia de quê? Sabia agora: – era ela. Era ela! Quis gritar, segurar Magnólia pela mão, não soltá-la, levá-la consigo. Mas fora visão rápida. Depois, a escuridão. Mergulhou nas sombras, sem queixume, sem sentir nada – não voltaria nunca mais.

# A TORMENTA

Saiu na ponta dos pés pelo corredor comprido. O trutuá estava frio, e o vento vinha forte lá de fora, vento de mar noturno, gemendo por entre as persianas. Ouviu um cantar de galo, distante, a sineta de um bonde na curva da praia. Maria José empurrou de leve a porta do berçário, saiu para o pátio. Era uma noite fechada, sem estrelas, e o céu escuro se misturava, adiante, com o morro dos fundos. As paredes da maternidade, retas e limpas, pareciam ainda mais brancas. Agora podia ouvir, mais distinta, a flauta de Josino. A luz elétrica, no quarto dos fundos, se escoava pela cortina leve. Ficou vacilante, no primeiro degrau da pequena escada de cimento, mas se decidiu depois. Atravessou rápida o pátio, quase correndo, estacou de súbito diante da porta fechada. O coração saltava dentro do peito, o sangue subira todo para as orelhas, e voltou aquele suor frio, o mesmo das noites insones e longas. Escondeu-se na sombra do galpão ao lado, depósito de caixões vazios e frascos rotulados.

Ficou um tempo grande encolhida de encontro à parede, os olhos arregalados para a escuridão. Parecia ouvir ruídos estranhos e perigosos: passos que se aproximavam, chamados distantes, choro de crianças no berçário. O vento era frio, sabia, mas o sangue lhe queimava as orelhas e a testa, como se estivesse muito próxima de uma fogueira. A flauta de Josino, tão triste, muitas vezes se perdia dentro do vento – apenas um gemido fino e sem fim. Pensou, como nas outras noites, que o melhor era voltar. Mas havia o medo do quarto vazio e dos desejos que sem dúvida voltariam, como uma tormenta. Os mesmos desejos que lhe estavam voltando agora, necessidade de se abraçar com alguém, de sentir qualquer dor, de ser mordida nos lábios. Pensou em empurrar com força a porta do quarto de Josino, oferecer-se toda, sem uma conversa, sem uma explicação, mas era pensamento de todas as noites, sempre adiado. O impulso vinha de dentro, como uma força independente, e Maria José deu alguns passos, quase uma carreira, até a porta da frente.

De repente, a flauta parou. Escutou um arrastar de chinelos, dentro do quarto, e a voz de Josino, perguntando:

– Quem está aí?

Voltou depressa, cheia de medo, para a sombra do depósito, encolheu-se mais. Agora devia estar muito pálida, porque não sentia mais, nas orelhas e na fronte, o ardor do sangue. O bater do coração sumira-se, encolhido como ela. Josino abriu a porta, veio para o pátio. Perguntou novamente:

– Alguém está aí?

Maria José ajeitou os cabelos desatados em duas tranças soltas sobre os ombros, abotoou o decote, saiu da escuridão.

– Sou eu, seu Josino. Vim procurar um frasco aqui no depósito. Mas ninguém vê nada.

Josino apareceu enrolado num chambre de flanela encardida.

– A senhora devia ter me chamado, dona Maria. É frasco grande?

– Pequeno, seu Josino. É pra botar uma amostra de urina.

O círculo de fogo da lanterna de Josino começou a passear pelos caixões, pelos frascos, faiscando nas teias de aranha, crescendo lá adiante, na parede dos fundos.

Maria José aproximou-se mais, tocou com o braço nas costas do enfermeiro. Josino voltou-se:

— Acho melhor a senhora ficar aí mesmo, dona Maria. Aqui tem muita barata.

Recuou instintivamente, e o vento agora desmanchava as tranças, sacudia seus cabelos como longas algas soltas dentro d'água. Procurou dizer alguma coisa, um começo de conversa. Mas a voz estava presa na garganta, e a língua tremia. Perguntou, depois:

— Achou, seu Josino?

— Ainda não, dona Maria. Mas acho.

Foi até a porta aberta do quarto do enfermeiro, olhou para dentro: a roupa jogada na cadeira, a cama desfeita, a flauta comprida e negra sobre a banquinha. Pendiam fitas coloridas e flores de papel, desbotadas, do santo de olhos ternos, e a moldura estava roída nos cantos. Havia um retrato de mulher, por cima da cabeceira da cama, e então o coração de Maria José começou a pulsar novamente com força. Fez intenção de entrar, ver a fotografia de perto ("Talvez seja o retrato da mãe dele"), mas Josino chamou:

— Pronto, dona Maria. Este serve?

Guardou o frasco pequeno no bolso da blusa, levantou sua saia. Baixou-se rápida, para segurar e neste instante uma lufada de vento, mais doida, o vestido, e o frasco espatifou-se no chão, num barulho de vidro partido. O vestido grudava no seu corpo.

— A ventania está medonha, seu Josino.

— É chuva. Vem muita chuva.

Olhou distraído para cima, para o céu fechado. O vento esfarinhava os cabelos de Maria José, tangia-os sobre os olhos, num redemoinho. Soltou o vestido, quis endireitar os cabelos revoltos, e o vento novamente mostrou as pernas grossas, até o começo das coxas. Enrolava os cabelos muito devagar, uma espécie de sorriso no rosto, sabendo que os olhos de Josino estavam cravados nela. Abandonou-se dentro da ventania, um vento morno, e fechou os olhos, como se estivesse sendo levada por uma força boa e amiga. Vinha um choro de criança do berçário. Abriu os olhos somente quando começaram a cair os primeiros pingos de chuva, grossos e pesados.

— Está chovendo, dona Maria. Acho bom a senhora correr.

Não voltou para o quarto. Caminhou sem pressa para o galpão, e Josino foi atrás dela, o roupão de flanela cobrindo a cabeça.

— Vou esperar aqui que a chuva passe, seu Josino. Tenho que arranjar outro frasco. Já incomodei muito o senhor.

Josino acendeu novamente a lanterna.

— Incômodo nada, dona Maria. Vou arranjar outro.

A chuva caía forte, e a água batia nas lajes brancas e lisas como bolinhas de chumbo sobre um soalho. O choro da criança era mais forte, e rasgava a chuva. Uma goteira começou a gotejar sobre sua cabeça, mas não saiu do lugar. Quando Josino voltou, com o frasco na mão, os cabelos de Maria José estavam molhados, e a água escorria pelas faces e pelos lábios. A água tinha um gosto acre de ferro, como certas pílulas.

— A senhora está se molhando, dona Maria.

Começou a sentir frio. Os lábios deviam estar roxos. Cruzou os braços sobre o peito, sentou-se num caixão vazio, perdeu os olhos na escuridão. Josino tirou o roupão, entregou-lhe:

— Vista isto, dona Maria. A senhora está tremendo.

Maria José não respondeu, num sonho. Josino insistiu:
– Acho bom a senhora vestir.
Levantou-se, insensível, jogou desajeitada o roupão sobre os ombros. Disse, numa voz sumida:
– Não precisava, seu Josino.
Ficaram algum tempo calados, e a chuva era mais forte, uma tempestade. A criança deixara de chorar. Havia uma luz acesa, numa das janelas do segundo andar, talvez na enfermaria. Lembrou-se da mulher loura que tivera criança esta tarde, os olhos muito azuis e aflitos em cima dela, como se pedissem socorro. Havia veias de um azul esmaecido no seu corpo, um sinal redondo e negro no seio esquerdo. (A goteira fizera uma pequena poça nas lajes do galpão e a água rodeava seus pés metidos nas chinelas de lona.) Josino acendeu um cigarro.
– O senhor querendo, seu Josino, pode ir se deitar. Não se importe comigo. Fico aqui até a chuva passar.
O enfermeiro não respondeu. Olhou, depois, para ela, depressa, e voltou-se novamente para a chuva. A criança recomeçou a chorar, e Maria José disse, num fiapo de voz:
– Deve ser o menino da mulher loura...
Josino jogou o cigarro fora, num movimento nervoso, encarou-a fixo. Maria José não retirou os olhos. Viu uma luz estranha nos olhos do enfermeiro, olhos de um gato na escuridão. Josino aproximou-se, estava em pé na sua frente. Maria José baixou a cabeça. Sentiu sobre si a mão do enfermeiro e os dedos que se enrolavam nos seus cabelos. Josino ficou de joelhos diante dela, segurou-a pelos ombros. Disse, numa voz rouca:
– Acho bom a senhora passar a chuva no meu quarto.
Maria José não respondeu. A noite estava cheia do choro do menino. O hálito de Josino, cheirando a fumo, era grosso e morno. As mãos do enfermeiro apertavam seus ombros.

— Vamos?

Continuou calada. Josino apertava-a agora, num abraço. Sentiu a boca nas suas faces, mas foi como se tivesse acordado. Empurrou-o com força, saiu correndo debaixo da chuva, venceu em dois saltos a escada de cimento. Escutou, difusa e rouca, a voz de Josino, que lhe dizia qualquer coisa. Seus ombros doíam como duas feridas.

# HISTÓRIA CINZENTA

Depois que Clarina morreu, logo no outro dia senti que o mundo estava diferente. Lembro-me de que abri a janela do quarto, manhã cedo, e olhei a praça arborizada, olhei o céu, os primeiros passantes – velhas de xale preto, camponeses montados em burros, alguns soldados. A praça era a mesma, também as árvores, as velhas, os soldados e os roceiros. Também o céu, a igreja branca e, com certeza, o casal de pombos que arrulhava na bica de flandres da padaria "Estrela Acesa". Mas o mundo, apesar daquilo tudo tão quotidiano, estava diferente. Diferente geral: as vozes, todos os sons e ruídos; ou as cores, os gestos, não sei. A bênção de minha mãe veio até mim como uma coisa nova. Novo era o pigarrear do meu pai, no quarto do meio, e o gosto do café que não consegui beber todo.

A verdade é que eu estava vazio. Por causa disso, o mundo, ao meu redor e sobre mim, com todas as suas gentes e bichos, alegrias e tristezas, se tornara mais pesado e parecia me esmagar. Creio que tentei escrever ou escrevi uma história sobre tal momento: a morte de Clarina e a mudança do mundo diante dos meus olhos, precisamente no instante em que um desespero manso – assim como uma árvore multiplicando raízes – se apoderou de mim e me jogou numa contemplação de convalescente. Procurei Clarina no céu, nos livros, nas lembranças todas, nas namoradas do passado. Clarina ou qualquer rastro seu. Até na chuva, no vento, nas vozes da noite. Esta busca insensata, quase desvairada, me rendeu uns quatro ou cinco sonetos, algumas dezenas de poemas sem rima, tudo agora cuidadosamente catalogado, como relíquia, no álbum vermelho que Bilu enfeitou de passarinhos e fitas, e que hoje forra a segunda gaveta do camiseiro.

Também, há dezenas de séculos atrás, o Senhor transformou, um dia, o mundo do outro Joel, o da Bíblia, filho de Fatuel, "e o fogo devorou tudo o que havia de belo no deserto, e a chama queimou todas as árvores do campo". No meu caso – inútil Joel distante de Deus – não foi fogo, foi tristeza. A verdade é que o campo, dentro de mim, ficou deserto, e o deserto sem beleza. Meus poemas contam isso. Contam mal, mas contam.

Já não moro no mesmo quarto nem na mesma casa. Casa, quarto e cidade, são outros. Mas acontece que este quarto também tem uma janela, como tinha aquele, e a janela se abre para fora. Lá fora, se não aparece a praça, aparece uma rua, e a rua está cheia de árvores. E há céu. Casa, quarto e janelas, podem ser outros; mas juro que o céu é o mesmo: a mesma arrumação nas estrelas, os mesmos crepúsculos de sangue, as mesmas nuvens brancas e vagarosas. As criações do Senhor são assim: mostram, em qualquer parte e a qualquer hora, a fisionomia serena das coisas que nunca morrem. Este céu de agora, tenho certeza, conheceu Clarina, e foi testemunha silenciosa daqueles suspiros da adolescência, das pequenas angústias e apreensões. E já sabeis que a causadora dos suspiros subiu um dia atrás deles: Clarina está lá em cima, no meio de outras tantas vidas cortadas ao meio. Deve ser anjo ou qualquer outro elemento celestial. E já têm entrada na corte do Senhor. Isso eu escutei de um poeta religioso.

Qualquer dia desses, nas caminhadas por este mundo, encontrarei algum moço de boa vontade que queira assinar aqueles versos antigos. Depois de publicados – sonetos, baladas e cantos – vocês todos compreenderão melhor o que houve, na verdade, entre mim e Clarina. A primeira vez que tentei esclarecer tudo, lembro-me bem, não tive muita sorte: os poemas criaram vida estranha, viraram incenso e me rodearam de uma atmosfera irreal e difusa. Era com se eu estivesse escutando música. Quero voltar ao assunto e hesito: acho que a névoa ainda não se dissipou. A distância entre mim e Clarina cresceu muito: ela ficou lá no princípio do caminho, eu continuei andando. O tempo me estragou a vista. Está tudo escuro, e do ponto em que estou agora envolto num nevoeiro, já não diviso bem o que ficou atrás. Se é que ficou alguma coisa.

# O RIO ENTRE OS DOIS

Não via os olhos. Mas sentia o fungar úmido do nariz. Maria chorava. Ficou sem poder fazer nada, parado, um nó na garganta, olhando idiotamente para a luz alta do Pão de Açúcar, difusa dentro do nevoeiro noturno.

O mar se mistura com o céu, além da balaustrada, numa única escuridão. Nem estrelas. A noite tão diferente das outras – sozinhos, abraçados no Silvestre. Agora, somente o vento frio.

Pensou na loura do filme: chorava assim, era franzina como Maria. O moço segurou-a pelo queixo pontudo, olhou-a dentro dos olhos. O narizinho devia estar vermelho, os olhos mais claros – se o filme fosse colorido veria o azul dos olhos e o vermelho do nariz; o azul dos olhos estaria, com certeza, mais limpo e mais redondo. Depois o moço perguntou qualquer coisa na língua difícil. Ela não respondeu nada, encostou a cabeça no peito largo do rapaz, chorou mais, riu.

Sentia vontade de beijar a cabecinha loura. Beijar, beijar muito, dizer coisas ternas. Que poderia dizer mais? Beijar somente. A primeira vez fora no "Avenida", já era o quinto episódio dos Dragões Alados. Os lábios finos, rubros, quentes. Sabia que o coraçãozinho ficara tremendo, tremendo. Quando a luz acendeu, no intervalo, Maria

desviara a vista, toda mergulhada no programa amassado e já lido. Mas de noite, no banco da Praça 15, ele insistira:
— Gostou?
Vieram duas manchas de sangue para as faces sem ruga.
— De quê?
— De quê? Sonsinha...
Houve um silêncio. O vento derrubava folhas das árvores, o bonde guinchou na curva apertada. O apito da barca tinha cheiro de salsugem.
Depois é que ela falou. Quisera ser autoritária, mas os dois círculos vermelhos continuavam lhe esfogueando o rosto:
— Não deixo mais você fazer isto!
Ele ria.
— Se fizer eu brigo!
Sabia que não era raiva. Os olhos não tinham aqueles lampejos de raiva que ele conhecia bem. Logo depois, a voz era a voz de sempre: terna, sem exigir, implorando:
— Você foi o primeiro...
— Fiz mal?
— Sei lá. Se eu tivesse certeza...
Ele demorou a responder. Mas respondeu.
— Pode ter.


Quis dar a notícia logo. Não teve coragem. Ela mesma é quem telefonou. Ficou frio quando a mulher – também tão jovem e tão ingênua – voltou dizendo:
— Uma moça chamada Maria. Diz que telefona depois.
Serena, as tranças compridas e louras caindo pelos ombros, estirou a mãozinha branca, de unhas rosadas:
— Boa noite.

Tanto tempo! Mais magra? Os olhos pareciam maiores. A princípio, nem parecia que os dois estavam tão separados. Quem havia de dizer que um rio inesperado e intransponível corria entre eles? Mas na balaustrada os olhos não suportaram a tristeza do mar e os apitos apagados – as lágrimas começaram a correr. Ele não via os olhos – Maria baixara a cabeça.

Deu uma última fungadela, ergueu os olhos para ele. Tão claros e tristes!
– Vamos?
– Vamos?
– Vou lhe levar em casa.
– Não precisa. Basta me deixar na esquina.
Na esquina, estirou a mão.
– Adeus.
Apertou a mãozinha com força, demorou. Não a veria mais, nunca mais?
– Não vale a pena.
– Nunca mais?
– Pra quê?
– Como amigos...
Ela não respondeu. Soltou-se, saiu caminhando devagar. Ficou com os olhos seguindo o vulto leve até que a curva engoliu o vestido branco. O nó na garganta, apertando. Olhou para os lados, aflito, não viu ninguém perto – deixou a lágrima escapulir, morna e grande. Os letreiros luminosos eram centenas de faróis inquietos, piscando na avenida larga – larga como um rio. A mãozinha branca fugira da sua. E ele agora estava na outra margem, sozinho, sem caminho.

# A ESPERA

Quando chegou ao cais, manhã muito cedo, a orla do mar estava deserta como se ainda não fosse dia. Os guindastes negros se esbatiam de encontro a um céu muito azul e pareciam, assim imóveis, imponentes e poderosos. Vinha um vento frio do mar, vinha de muito longe, do oceano bravio – e ele ficou imaginando por quantos navios passara a brisa, quantos coqueiros de praia e bandeiras de vapores e barcos se sacudiram e drapejaram ao seu sopro ligeiro. Um estivador, de roupa de mescla, assoviava baixo, estirado na montanha de sacos sujos.

Sabia que era muito cedo ainda. O homem da Costeira afirmara, certo:

– O Poti? Só às oito. Encosta às oito, no armazém 12.

Mas tinha a certeza de que o navio não ancoraria tão cedo, imóvel no meio da baía, à espera das primeiras visitas oficiais. Não estava impaciente, que ele já esperara mais, meses e meses. Que demorasse! Se encostaria no monte de sacos, na arrumação de tábuas, ficaria olhando o mar, o mar sujo de óleo, sem ondas, espelho de chumbo. Que o mar é sempre belo, e mais belo estava naquela manhã de sol claro, a água com ligeiros tremores, uma inquietude mansa como se algo misterioso estivesse criando vida sob a sua superfície.

Deu uma caminhada até o 13, voltou, as mãos no bolso do paletó. O estivador deixara de assoviar, fechara os olhos, talvez dormisse. Sentou-se nas tábuas, acendeu um cigarro. A barcaça muito branca vai passando distante, as velas descidas, cheia do cansaço das grandes carreiras pelo oceano. Passou também um bando de gaivotas, desapareceu atrás da ilha onde a chaminé dos estaleiros manda até o céu azul uma fumaça negra e pesada. O rebocador ruidoso, defronte à Companhia de Carvão, soltou um apito suave e sonoro, como um grito de criança, desprendeu-se das amarras, saiu por entre a confusão de barcos e pequenos navios, espremidos entre a ilha e os armazéns. Atrás do leme que singra, vai ficando um caminho n'água, estrada efêmera que as próprias águas desmancham.

Lá do outro lado, a praia branquejava, muito alva e tranquila, bordada de velas que se estufam com o vento da manhã. Ficou pensando, de olhos na areia cheia de sol e nos panos enfunados, na infância, já muito longe – a casa de teto de palha se enterrando na areia fofa cavada pelos gaiamuns, o mar se estendendo na frente, ora verde, ora azul, calmo às vezes, raivoso outras, mas sempre infinito, infinito como o céu lá em cima. Muito esfaceladas, quase irreconstituíveis pela lembrança que enganava – sim, eram elas! – algumas canções dos pescadores entravam pelos seus ouvidos, trazidas pelo vento, canções que ele escutara menino de calças curtas nas noites de lua, estirado na proa do "Belo Mar" que ia, sem medo, para as ondas fortes do mar alto.

Mas tudo passara – os dias rolaram uns sobre os outros, ele rolara com os dias. E agora era apenas um homem humilde, perdido na cidade grande. Uma poeira que lutava, uma criatura como milhões de outras. Era um homem apagado, e, naquela hora, na manhã clara e leve, era pouca coisa mais: apenas um homem que esperava. A última carta dela, a que escrevera na véspera da partida, dizia: – "Vamos ser muito felizes, já não estamos sozinhos". Sabe a carta de cor e, à lembrança dos trechos mais amigos – "ele se parece muito com você" –, sorri satisfeito para o mar, para os barcos e vapores, para a praia distante. O filho se parecia com ele. Haveria de crescer, ser um homem como ele...

Mas entristeceu subitamente, abriu os olhos para o estivador e, sem sentir, falou alto:

– Não será!

O homem de mescla espantou-se, ele foi caminhando, as orelhas ardendo, sem se voltar para trás. Mas repetia consigo mesmo, ia repetindo ao ritmo das passadas: "Não será! Não será!"


As primeiras pessoas começaram a encher o cais – e mentalmente vai imaginando o filho, bem rechonchudo como todas as crianças do mundo, o pequeno nariz arrebitado para o ar, como o seu. E os olhos? Nada sabia deles, que podiam ser escuros como os seus ou verdes como os da mãe. Verdes ou escuros, seriam, como certeza, vivos e grandes, pois nem ele nem Eduarda os tinham pequenos e mortos. Vivos, claros, mais dois olhos abertos para este mundo, para a vida e para as coisas do Senhor. E as mãos? Olhou as suas, agora grossas, mas que haviam sido, no passado distante, delgadas e brancas, de dedos grandes. Não, as do seu filho não seriam como as suas. Seriam antes como as de Eduarda, mãos pequenas, de dedos curtos e unhas arroxeadas.

Quando o pensamento ia voando, veloz, para os cabelos do guri – "Castanhos? Louros?" – o menino, vestido de marinheiro, gritou, apontando com o dedo.

– Já vem!

Ele voltou os olhos, rápido – e o navio vinha, negro, bem manso, bem manso, deixando atrás de si uma estrada no mar e, no céu, uma fita escura de fumaça que manchava o azul limpo.

# A VERTIGEM

Quando voltou do banheiro, Esmeralda continuava diante da janela semiaberta, olhando para fora. Vestiu o roupão grosso, atrás do biombo, foi até ela. Os cabelos muito pretos, caindo pelas costas.
— Triste?
Não havia tristeza nos olhos, apenas ansiedade – os olhos esperavam alguma coisa. A mão pequena, fria, perdeu-se na sua. O sorriso era distante, princípio ou fim de sorriso.
— Triste? Por quê? Aqui está tão bom...
— Quer que apague a luz ?
As sombras leves envolveram tudo, como uma neblina que o sol próximo vai destruir. O vermelho do gás neon, defronte, derramava púrpura sobre as paredes das casas. A rua, lá em baixo, estava quase quieta.
Fora o primeiro beijo naquela noite – muito demorado, e o coração de Esmeralda batia de encontro ao seu peito, medroso, apressado. Era um corpo miúdo, perdido nos seus braços – poderia fazer dele o que bem quisesse. Lembrava-se de que já lhe dissera isso, uma noite, sumidos num banco do Parque:
— Posso lhe meter no bolso e levar para qualquer canto.

Mas os olhos ficariam sobrando, tinha certeza. Muito grandes, muito inquietos, muito negros. Às vezes se demoravam sobre ele, pesados, vivos, cheios de conversas e queixas – e, então, ele se sentia envergonhado, culpado de uma grande falta, como que perdido.

Preferia a sombra. Tudo se diluía, e só restava agora o corpo miúdo que palpitava, e que ele ia despindo com pressa, como quem desfaz um embrulho. Os olhos ausentes, espalhados na sombra, enchiam-no de coragem – demoravam em suas mãos os seios túmidos, as coxas virgens não se desligavam das suas.

Queixa apenas nos olhos, queixa oculta – porque Esmeralda não queria nada. Dócil, mansa, soltara-se dentro da vertigem, e ia. Viera-lhe como que uma dormência, e acordada mesmo ela só ficava naqueles instantes, ao seu lado, sacudida pelos desejos.

Mas tudo era sem solução.

– Não encontro caminho, Esmeralda.

Ela sorria.

– Acho que nós somos loucos.

Eram. Caminhavam como cegos dentro de um emaranhado, pisando os obstáculos, mas o certo é que mais tarde as feridas rebentariam, maltratadas, e então seria o grande desastre. Mas, que importava?

– Não me importo, Jorge.

Às vezes, ele tentava reagir. De volta, o trem se embrenhando na noite como num túnel sem fim, repetia, repetia mil vezes que não voltaria mais. Mas a saudade antecipada substituía o sono que não chegava, e ele já sabia que voltaria – sim, voltaria logo.

Contara a Esmeralda, certa vez: um dia você não me verá mais. A mão fina apertava a sua, o corpo tremeu todo, haste que o vento agitou e duas lágrimas encheram-lhe os olhos.

— Você não pode fazer isso, Jorge.

Não podia. Cobriu-a de beijos, muito feliz, como se a tivesse salvo de uma morte. Naquela noite, no quarto do hotel, Esmeralda fora inteiramente sua. Teve pena, de manhã cedo, quando a viu sentada na beira da cama, as olheiras afogando os olhos, os lábios muito brancos. Nunca ninguém lhe parecera tão abatido: como uma dália pisada. Uma mão de ferro apertou seu coração — fora um covarde! Escondeu a cabeça sob o lençol, distante dela, da réstia de sol que vinha, reta, lá de fora, distante do mundo. Mas Esmeralda compreendera tudo: infantil, tão indiferente à tormenta, arrancou-lhe o lençol com força:

— Acorde, homem.

E sorria um sorriso franco, sorriso de irmã.

Agora os corpos estavam cansados, e então eram as estrelas, além da janela, milhões delas.

— A minha não apareceu hoje, Jorge.

— Apareceu, boba. Aparece todas as noites.

Procuravam atentos, os olhos se perdendo no pedaço de azul profundo, até que o sono chegava. Mas não dormiam.

Metade da noite ele reclamava:

— Estou com fome, Esmeralda.

Saíam para a rua sem barulho, apenas o assovio do homem na esquina e o resfolegar da locomotiva que vinha longe, dos lados da estação. A noite era completa, o céu se desdobrando como uma abóbada que não acaba mais. Inútil contar as estrelas — parecia que se multiplicavam, e ali, onde fora um pedaço de céu vazio, era agora cintilação, uma inquietação de vidro espatifado.

Bebiam o leite grosso, Esmeralda fazendo careta:

— Não gosto de leite. Só bebo porque você me obriga.

Aos sábados, a banda tocava no palanque do Parque. As valsas antigas inundavam o jardim, repartindo-se pelas dezenas de caminhos estreitos, chegando, aos pedaços, no outro lado, onde os dois, muito unidos, olhavam calados o riacho que tremia.

Perguntava a si mesmo – tantas vezes! – se aquilo demoraria ainda, demoraria para sempre. Sabia que não. Tudo tão frágil, tudo tão ilógico. E a vida é cheia de tempestades. Seriam jogados para longe, como folhas sem préstimo, e muita coisa haveria de acontecer entre eles. Também Esmeralda esperava: lá estava, dentro dos seus olhos, aquela ansiedade aflita e calada. Agora, porém, as horas eram boas e amigas. Que as tempestades, amanhã, explodissem – abraçava com força o corpo de carnes duras, mordia os lábios. Uma única janela aberta para o mundo, o quarto do hotel protegia como uma fortaleza. E as sombras, quando fechava os postigos, eram sentinelas indomáveis entre eles e o que ia lá fora, dentro da noite.

# DOIS AMIGOS

Quero, agora, dar balanço num certo tempo de minha vida, e ver o que de Laura resta em mim – e só resta a rua. A rua em que ela morava, muito longe, no subúrbio, uma dezena de casas modestas, duas chácaras que, à noite, se perdiam na escuridão e no silêncio, como na roça. Laura está lá no fim, meio apagada, quase irreconhecível, entre as outras (Rute, Maria, até Emengarda) e se há qualquer lembrança sua mais fixa – o arfar, depois de saltar os barrancos e evitar os buracos, com que chegava invariavelmente até mim – é coisa que ainda fica por conta da rua.

Era uma rua simpática: as grandes mangueiras copadas, o morro do fundo, sempre verde, salpicado de roupa colorida e, de noite, de pequenas luzes que tremiam como olhos doentes. Mas Laura não se deixava levar por todos aqueles encantos:

– Pior do que isto só Pati.

Tinham vindo há muito tempo de Pati do Alferes, ela, a mãe, outra irmã, logo depois que o pai morrera. A princípio viveram numa pensão do Flamengo – e Laura nunca pôde esquecer aqueles dias, tão felizes:

– Aquilo é que foi tempo!

Mas não durou muito. A mãe anunciou um dia que a pensão era cara demais para elas – "Só de banho quente vai uma fortuna" – e que a única solução era procurarem uma casinha num bairro qualquer, mesmo num subúrbio, que seria mobiliada a prestações com o resto do pequeno capital que haviam trazido do interior (produto da venda, principalmente, de uma parelha de cavalos baios). O montepio – o pai de Laura fora coletor – manteria o resto. Mais tarde, quem sabe? As duas poderiam se empregar.

Laura e Ester protestaram, particularmente Ester, quase comprometida, dizia, com um estudante de Direito do Catete. Mas era decisão firme – mudaram-se um dia para ali, mundo diferente, o mar azul a quilômetros de distância.

– Foi o dia mais triste de minha vida – me dizia Laura, e eu retrucava sempre que ela exagerava. A rua era tão pitoresca, tão esquisita...

– Não venha com sua papa, meu nego. More aqui e veja.

Pensara nisto um dia, e creio que cheguei a indagar de Laura, do homem do café da esquina, da mulher da quitanda, se não era possível conseguir uma sala de frente, com cama e café pela manhã, em qualquer casa da rua. Nenhum sabia. E Laura me tirou as últimas esperanças:

– Aqui só vive quem se enterra. Quem cai aqui, meu caro, se atola de uma vez.


Dois meses depois, talvez menos, e eu tinha mais necessidade da rua do que de Laura. Chegava antecipado aos encontros, ia até o fim, onde começava o morro, olhar os cegos do Asilo, sentados em bloco na calçada. O luar era absoluto, e me dava uma certa tristeza, tristeza confortável, ver que aqueles olhos apagados eram inúteis no meio de tanta luz. Casimiro vinha, às vezes, conversar comigo – trabalhava no cais, a mulher ia ter o primeiro filho, e era invariável no cigarro Elmo que me obrigava a fumar. Comentava para mim os últimos sucessos do América – morria pelo América! – e chegava a me presentear um dia com um emblema do seu Clube, vermelho e branco, que me espetou na lapela, apesar de eu lhe ter manifestado, certa vez, vagas preferências pelo Flamengo. Permutei o obséquio trazendo, na noite seguinte, uma caixa de sabonete santelmo – "É para o futuro rebento, Casimiro".

Laura não sabia dessas minhas amizades. Na verdade – e esta é a minha conclusão de agora – ela não passava de um complemento da rua e dos meus amigos, complemento sem grande importância. Outra conclusão de hoje é que minha amizade por Laura começou a diminuir numa certa noite em que Casimiro, tão franco, não ocultou sua opinião sobre minha namorada:

– Não vou com a cara desta filha de dona Marocas. Pensa que é dona do mundo.

Nessa noite, o arzinho petulante de Laura me pareceu insuportável, e não aguentei quando ela, cheia de água-de-colônia, sugerira a sessão das dez do Metro. Fui agressivo:

– Que mania de grande que você tem! Por que não vamos aqui mesmo, no Excelsior?

Olhou-me de alto a baixo, ficou muito vermelha, também foi agressiva:

– Eu pago a minha entrada!

Era a nossa primeira briga séria. Outras vieram depois, quase diárias. Em compensação, eu estava íntimo de Casimiro. Já subira até seu barracão, lá em cima. Um coração de Jesus rodeado de papel crepom, na parede da sala, crótons em cima dos móveis pobres. Dulce, o ventre cheio, fez café para nós, comi algumas bolachas. Fomos depois para a porta – lá embaixo era o subúrbio inteiro, o trem esfumaçando longe, o anúncio luminoso apenas um

borrão colorido. Vinha de perto uma música de tambores e vozes.
— É da casa de Pedro, Dulce. Qualquer dia nós vamos lá. O senhor também vai.
Naquela noite, esqueci Laura. É possível que não a tivesse esquecido — apenas a troquei por Casimiro, Dulce e nossa conversa.

Casimiro já era da minha vida — pensava nele no emprego, entregara-me definitivamente aos sucessos do futebol. Fomos a muitos jogos. Algumas vezes, quando havia cargueiro sueco no porto, e Casimiro demorava mais na cidade, marcávamos encontro (ele telefonava à tarde para mim), e descíamos juntos. Nem parecia que passara o dia carregando fardos, debaixo do sol ou da chuva: ia leve e satisfeito como uma criança. Creio que não exagero ao escrever aqui que Casimiro foi o melhor amigo que tive. Não encontro outros.

Não foi choque para mim, espetado na esquina, quando Laura passou pelo braço de um cadete colorido e engomado. Lançou-me um olhar cheio de desprezo, frio, quase com ódio, e o cumprimento fora apenas um silvar:
— Boa-noite.
O cadete me olhou com arrogância, o olhar de cadete, a aba do quepe luzindo como um pedaço de lua.
Não foi choque — sorri apenas, com uma espécie de desabafo, e fui visitar Casimiro. Voltei todas as outras noites, o que levou Laura — as mulheres sempre tão cegas — a espalhar pela vizinhança que eu andava atrás dela como um cachorro, perdido de amores. Casimiro é que exultou:

— Fez muito bem. Aquela menina não vale nada. (Possivelmente exagerava.)

Foi uma noite de alegria, alegria espontânea – o menino, dois meses, muito pretinho, inundava o mundo com o seu choro fino e sem fim. Mas logo em seguida, dias depois, veio a tristeza – a Companhia, uma fábrica de lacticínios, ia me mandar, com aumento de ordenado, passar algum tempo na filial de São Paulo. Casimiro ficou aniquilado. Dulce caíra num pranto cheio de desespero. Nunca pensei que os dois gostassem tanto de mim.

Foram-me levar à estação, nas roupas de domingo. Minutos antes de embarcar, Dulce me entregou um embrulho:

— É do doce que o senhor gosta. Para comer na viagem.

O trem afastou-se, acenei com a mão – era a última vez que os via. Escrevi, não me responderam. E quando voltei, haviam se mudado, sem dizer para onde. Soube também que o menino morrera, estrangulado por uma coqueluche.

# FIM DE NOITE

Quando os últimos amigos foram embora, os dois ficaram sozinhos. A sala era um campo de batalha ainda tomado pela fumaça da guerra que havia sido a noite inteira. Havia copos em cima dos móveis, debaixo da mesa, muitos com a bebida ainda pela metade. E subia dos cinzeiros repletos um cheiro acre, enjoado, de cinza molhada.

Ela foi até a janela, escancarou-a:

– Isto aqui está irrespirável.

Ficou lá alguns minutos, debruçada no parapeito, olhando para a rua que começava a receber o anúncio do dia que se aproximava. Depois, num gesto rápido, abandonou a janela, acendeu um cigarro, sentou-se na poltrona defronte, estirou as pernas compridas:

– Nossa! Que noite! – e soltou um longo suspiro.

Seus olhos por uns momentos se tornaram um tanto vagos, acompanhando a lenta subida da fumaça do cigarro. Ele peguntou:

– Cansada?

– Cansada? Morta. E abafada.

– Ainda dói?

– E como!

Ele brincou:

– Dói onde?

— Onde é que dor de cotovelo dói, ora! Em tudo. Só não dói no cotovelo, não é engraçado?
E beliscou com força um dos cotovelos.
— Está vendo? Não dói.
Sorriu triste, bebeu o resto do uísque já aguado, fez uma careta, perguntou:
— E você?
— Eu?
— Sim, você.
Ele encolheu os ombros, disse:
— Resignado. Ou seja, na fossa.
— E doendo?
— Claro, doendo. Inclusive no cotovelo.
— Engraçadinho.
Depois ele acrescentou:
— Principalmente à noite. E quando estou só... você sabe.
Ela foi até o aparelho de som, virou o elepê, veio dele uma melodia suave, puro sedativo.
— Quem sabe se "ele" não pode dar uma mãozinha?
"Ele" era Schubert.
Ficaram a escutar a música, silenciosos, depois ela perguntou:
— Você já pensou como irão ser os próximos dias?
— Evidente.
— Terríveis, não?
— Sem dúvida.
— E que é que você pretende fazer?
— Atear fogo às vestes... me jogar da ponte Rio-Niterói... beber formicida... Ainda não me decidi.
— Fale sério — o que pretende fazer?
— Mas que diabo posso fazer a não ser ficar encolhida no meu canto... até passar?
— E beber?

— O trivial. Que adianta ficar bêbado? Depois vem a ressaca... piora tudo. Você já viu como eu fico de ressaca. Deprimido e esquizofrênico. Não, pileque não vai resolver.
— E viajar?
— Para onde? Paris? Roma? Kuala-Lampur? Cadê gaita? Você me emprestaria cinco mil dólares, para pagamento a longo, longuíssimo prazo? Ou melhor, a fundo perdido?
— Que diabo é fundo perdido?
— Deixa pra lá...
Ela sorri, pega um copo limpo, coloca dois dedos de gim nele, diz:
— Detesto gim.
— E por que vai beber?
— Exatamente por isso — porque detesto. Até pegar no sono, hoje só vou fazer o que detesto.
Há uma pausa. Ele diz:
— Viajar... Também não resolve. Você viaja, quando chega num lugar já está pensando na volta. Não, viajar não é solução.
— E qual é? Porra, deve ter uma.
— Sei lá. Só me ocorre a que já disse: ficar quieto, esperar...
Ela bebe o gim num só gole, aperta os lábios com força, tosse seco:
— Bebida miserável.
Em seguida, diz:
— Eu não sou como você, o rei da moita. Não me rendo fácil. Bem... não é exatamente assim. Quero dizer que não resisto. Não me rendo fácil... Conversa. Agora mesmo estou doida para me render. Você nem pode calcular a vontade que estou de telefonar, de entregar os pontos.
Pausa.
— Telefono?

— Não sei. Acha que deve?
— Perguntei primeiro.
— Acho que não... sei lá. Você é você, eu sou eu.
— Mas que descobeta brilhante! O homem é um gênio.

Ele aponta para a mesinha de cabeceira, diz:
— O telefone está ali e é seu. Sirva-se.

Ela se serve de mais uma dose de gim, bebe um gole, diz:
— Viva a cirrose!

Tosse novamente, acende mais um cigarro (o primeiro ficou pela metade), pergunta:
— E você? Telefonaria?
— De forma alguma. Não posso. Nem devo.
— Por quê?
— Simplesmente porque não teria nada a dizer.
— Nada mesmo?
— Nada mesmo. Já foi dito tudo. Ficamos o tempo todo gastando as palavras... e quando realmente precisamos delas, elas não servem mais. Não conseguem dizer o que queremos. Pelo menos no meu caso não há agora nenhuma que sirva. Das que conheço.
— Por que não dá uma mexida no dicionário... quem sabe...
— Dicionário só tem palavra morta.

Ela voltou à janela — as calças compridas e justas grudavam-se nos quadris, nas nádegas cheias, nas coxas e pernas bem torneadas.

Ele diz, rindo:
— Você tem um corpo, senhora, que não é de se jogar fora.
— Às suas ordens. Pode pegar onde achar melhor. Mas não espere agradecimento.

Ele retruca:

– Não pego no que é dos outros.
– Vá à merda.

O sol nascente começou a brilhar em seus cabelos desalinhados, de um castanho puxando para o prateado.

– Já é dia – ela disse.
– É. Tenho de ir.

Ergueu-se da poltrona, pesado, ela segurou-o pelo braço:

– Você acha que não há mesmo nada que eu possa fazer? Falo sério.

– Tem uma coisa que neste instante você pode e deve fazer: botar seu imoralíssimo biquíni e ir para a praia mostrar a todo mundo estes encantos que Deus ou o diabo lhe deu. O mar deve estar uma delícia.

– Nunca! Já disse que hoje só vou fazer as coisas que detesto. Esvaziar a merda desta garrafa de gim, por exemplo.

– Então, infanta, é ficar quietinha aí no seu canto, sozinha, nada de telefone, bebendo esta porcaria de bebida que você detesta.

Pausa. Ela aperta seu braço:

– Diga...
– Dizer o quê?
– Esqueça...
– Vamos, fale. Dizer o quê?

Ela solta uma baforada, diz – e há um certo tremor em sua voz:

– E se eu mandasse uma carta? Carta, não. Um bilhete... Um recadinho apenas com umas poucas palavras, só o essencial... "Venha logo"... uma coisa assim. Ou, então, uma carta bem longa, bem sem-vergonha...

– Você não acha que em certos momentos uma carta é um recurso sempre estúpido? A gente acaba botando nela palavras que deviam ser escritas... Bem, é verdade que há muitas outras palavras que talvez pudessem servir. Só que ainda não foram inventadas.

Beijou-a na testa. Ela sorri – um sorriso triste:
– Você é um anjo. Um anjo inútil, mas um anjo. E como conselheiro, uma besta completa. E por ser assim quero lhe dar um presente.
Desabotoa a blusa, segura a mão dele e pousa-a no seio nu.
– Está gostando? Pronto, agora não pode dizer que saiu daqui de mãos vazias.
E antes que ele cruzasse a porta, pediu:
– Bem, se resolver não atear fogo às vestes ou se jogar da ponte... então me faça o favor de tomar um banho, fazer a barba, mudar esta camisa podre e no fim da tarde vir me fazer uma visita... Prometo que estarei bem cheirosa e bem *sexy*... Mas por enquanto vou ficar aqui no meu detestável cantinho bebendo esta bebida detestável. Um beijo.
– Outro.
– Você vem... lá pro fim da tarde?
Ele ri:
– Pergunta a este peito tão quentinho e tão durinho que acabei de apertar.
– Calhorda!
E beijou-o novamente, na testa.

# BIOGRAFIA

Joel Magno Ribeiro da Silveira (1918). Jornalista e escritor sergipano (Aracaju). Coordenador nacional de Política Cultural e representante do Ministério da Cultura no Rio de Janeiro. Ex-secretário de Cultura do Estado de Sergipe.
  No jornalismo, foi colaborador de jornais de Aracaju até 1937, quando mudou para o Rio de Janeiro, onde se tornou secretário do semanário *Dom Casmurro*, dirigido por Álvares Moreyra e Brício de Abreu, de 1938 a 1943. Em mais de meio século de atuação jornalística, em que escreveu para inúmeras publicações brasileiras, destacam-se, especialmente, o seu trabalho como correspondente de guerra na Itália, junto à Força Expedicionária Brasileira, para os *Diários Associados*, e os vinte anos em que foi repórter e enviado especial ao exterior da revista *Manchete*, do Rio. Considerado o maior repórter de sua geração, mereceu o seguinte comentário do poeta Manuel Bandeira: "Como repórter, não tem quem lhe leve vantagem: possui uma maneira muito pessoal, pachorrenta, meio songamonga, voluntariamente sem brilho literário – é o antiJoão do Rio – e, apesar disso, ou antes por isso mesmo, maciamente perfurante como uma punhalada que só dói quando a ferida esfria."

Como escritor, desde sua estreia em 1939 (com o livro de contos *Onda raivosa*), escreveu 27 livros, que abrangem os gêneros reportagem, crônica, memória, poesia, conto, novela e romance.

# BIBLIOGRAFIA

*Onda raivosa*, contos. Rio de Janeiro: Guaíra, 1939.
*Roteiro de Margarida*, contos. Rio de Janeiro: Guaíra, 1940.
*Os homens falam demais* (com Francisco de Assis Barbosa), reportagens. Rio de Janeiro: Leitura, 1942.
*A Lua*, contos. Rio de Janeiro: Martins, 1945.
*Histórias de pracinha*, reportagens. Rio de Janeiro: Leitura, 1945.
*Grã-finos em São Paulo e outras histórias do Brasil*, reportagens. Rio de Janeiro: Martins, 1946.
*O marinheiro e a noiva*, poemas (três dos quais republicados na *Antologia dos poetas bissextos brasileiros contemporâneos*, de Manuel Bandeira). Rio de Janeiro: Edição do autor, 1952.
*Petróleo Brasil*: traição e vitória (com Lourival Coutinho), reportagens. Rio de Janeiro: Coelho Branco, 1954.
*História de uma conspiração* (com Lourival Coutinho), reportagens. Rio de Janeiro: Coelho Branco, 1955.
*Desaparecimento da aurora*, novela (qualificada como "a melhor do ano" pelo *Jornal de Letras*). Rio de Janeiro: Revista Branca, 1957.
*Alguns fantasmas*, novelas e contos. Rio de Janeiro: 1962.

*Meninos, eu vi*, reportagens. Rio de Janeiro: Tribuna da Imprensa, 1965.

*Um guarda-chuva para o coronel*, crônicas, contos e reportagens. Rio de Janeiro: Civilização Brasileira, 1965.

*Vinte horas de abril*, reportagens. Rio de Janeiro: Saga, 1966.

*As grandes reportagens de Joel Silveira*. Rio de Janeiro: Codecri, 1980.

*Milagre em Florença*, contos. Rio de Janeiro: Cátedra, 1983.

*A luta dos pracinhas* (com Thassilo Mitke), reportagens. Rio de Janeiro: Record, 1983.

*Vamos ler Joel Silveira*, seleção de contos. Rio de Janeiro: Cátedra, 1984.

*Dias de luto*, romance. Rio de Janeiro: Record, 1985.

*Tempo de contar*, memórias e reportagens. Rio de Janeiro: Record, 1985.

*O dia em que o leão morreu*, contos. Rio de Janeiro: Record, 1986.

*O generalíssimo e outros incidentes*, contos e reportagens. Rio de Janeiro: Espaço e Tempo, 1987.

*Você nunca será um deles*, crônicas. Rio de Janeiro: Record, 1988.

*O pacto maldito* (com Geneton Moraes Neto), reportagem. Rio de Janeiro: Record, 1986.

*Nitroglicerina pura* (com Geneton Moraes Neto), reportagem. Rio de Janeiro: Record, 1987.

*Conspiração na madrugada*, crônicas. Rio de Janeiro: José Olympio, 1985.

*Não foi o que você pediu?*, contos. Rio de Janeiro: José Olympio, 1982.

*Viagem com o presidente eleito*, reportagem. Rio de Janeiro: Mauad, 1996.

*Momentos marcantes da II Guerra Mundial*, reportagem. Rio de Janeiro: Mauad, 1997.

# SUMÁRIO

Joel Silveira e a arte de contar........................... 7
O dia em que o leão morreu............................... 15
A enfermeira Magnólia....................................... 23
Doze aninhos...................................................... 37
Querido! (cartas de Alfenas)............................... 41
Não foi o que você pediu?................................. 63
Moças................................................................. 71
O pranto............................................................ 85
O homem na torre............................................. 93
Sarabanda.......................................................... 99
O cônsul suíço e o general alemão.................... 109
Fazia frio............................................................ 119
Você ia fazendo uma tolice, Maria..................... 127
O bravo e sua guerra......................................... 133
Ismael................................................................. 139
História branca.................................................. 151
Onde andará Esmeralda?................................... 155
Um destino para Lídia....................................... 159
O morto.............................................................. 167

A lua .................................................................. 173
Uma alegria ....................................................... 187
História branca .................................................. 193
A tormenta ........................................................ 197
História cinzenta ............................................... 203
O rio entre os dois ............................................ 207
A espera ............................................................ 211
A vertigem ........................................................ 215
Dois amigos ...................................................... 219
Fim de noite ..................................................... 225
Biografia ............................................................ 231
Bibliografia ........................................................ 233

# COLEÇÃO MELHORES CONTOS

**ANÍBAL MACHADO**
Seleção e prefácio de Antonio Dimas

**LYGIA FAGUNDES TELLES**
Seleção e prefácio de Eduardo Portella

**BRENO ACCIOLY**
Seleção e prefácio de Ricardo Ramos

**MARQUES REBELO**
Seleção e prefácio de Ary Quintella

**MOACYR SCLIAR**
Seleção e prefácio de Regina Zilbermann

**MACHADO DE ASSIS**
Seleção e prefácio de Domício Proença Filho

**HERBERTO SALES**
Seleção e prefácio de Judith Grossmann

**RUBEM BRAGA**
Seleção e prefácio de Davi Arrigucci Jr.

**LIMA BARRETO**
Seleção e prefácio de Francisco de Assis Barbosa

**JOÃO ANTÔNIO**
Seleção e prefácio de Antônio Hohlfeldt

**EÇA DE QUEIRÓS**
Seleção e prefácio de Herberto Sales

**MÁRIO DE ANDRADE**
Seleção e prefácio de Telê Ancona Lopez

**LUIZ VILELA**
Seleção e prefácio de Wilson Martins

**J. J. VEIGA**
Seleção e prefácio de J. Aderaldo Castello

**JOÃO DO RIO**
Seleção e prefácio de Helena Parente Cunha

**IGNÁCIO DE LOYOLA BRANDÃO**
Seleção e prefácio de Deonísio da Silva

**LÊDO IVO**
Seleção e prefácio de Afrânio Coutinho

*Ricardo Ramos*
Seleção e prefácio de Bella Jozef

*Marcos Rey*
Seleção e prefácio de Fábio Lucas

*Simões Lopes Neto*
Seleção e prefácio de Dionísio Toledo

*Hermilo Borba Filho*
Seleção e prefácio de Silvio Roberto de Oliveira

*Bernardo Élis*
Seleção e prefácio de Gilberto Mendonça Teles

*Autran Dourado*
Seleção e prefácio de João Luiz Lafetá

*Joel Silveira*
Seleção e prefácio de Lêdo Ivo

*João Alphonsus*
Seleção e prefácio de Afonso Henriques Neto

*Artur Azevedo*
Seleção e prefácio de Antonio Martins de Araujo

*Ribeiro Couto*
Seleção e prefácio de Alberto Venancio Filho

*Osman Lins*
Seleção e prefácio de Sandra Nitrini

*Orígenes Lessa*
Seleção e prefácio de Glória Pondé

*Domingos Pellegrini*
Seleção e prefácio de Miguel Sanches Neto

*Caio Fernando Abreu*
Seleção e prefácio de Marcelo Secron Bessa

*Edla van Steen*
Seleção e prefácio de Antonio Carlos Secchin

*Fausto Wolff*
Seleção e prefácio de André Seffrin

*Aurélio Buarque de Holanda*
Seleção e prefácio de Luciano Rosa

*Aluísio Azevedo*
Seleção e prefácio de Ubiratan Machado

*Salim Miguel*

Seleção e prefácio de Regina Dalcastagnè

*ARY QUINTELLA*
Seleção e prefácio de Monica Rector

*HÉLIO PÓLVORA*
Seleção e prefácio de André Seffrin

*WALMIR AYALA*
Seleção e prefácio de Maria da Glória Bordini

*HUMBERTO DE CAMPOS**
Seleção e prefácio de Evanildo Bechara

*PRELO

Impresso por :

*Graphium*
gráfica e editora

Tel.:11 2769-9056